FORWARD

［美］布莱克·克劳奇（Blake Crouch）/主编

孙薇/译

U0314493

化学工业出版社

·北京·

Forward

ARK by Veronica Roth © 2019

SUMMER FROST by Blake Crouch © 2019

EMERGENCY SKIN by N.K. Jemisin © 2019

YOU HAVE ARRIVED AT YOUR DESTINATION by Amor Towles © 2019

Cetology, Inc.

THE LAST CONVERSATION by Paul Tremblay © 2019

RANDOMIZE by Andy Weir © 2019

This edition arranged with InkWell Management, LLC.

through Andrew Nurnberg Associates International Limited

本书中文简体字版由 Mountainside Entertainment, LLC 授权化学工业出版社有限公司独家出版发行。

北京市版权局著作权合同登记号：01-2023-1334

图书在版编目（CIP）数据

向前 /（美）布莱克·克劳奇（Blake Crouch）主编；孙薇译. —北京：化学工业出版社，2023.6

书名原文：Forward

ISBN 978-7-122-43114-1

Ⅰ.①向… Ⅱ.①布… ②孙… Ⅲ.①幻想小说 – 小说集 – 美国 – 现代 Ⅳ.① I712.45

中国国家版本馆 CIP 数据核字（2023）第 078043 号

出 品 人：李岩松		责任编辑：汪元元
责任校对：宋 夏		营销编辑：龚 涓 郑 芳
装帧设计：王 静		封面设计：韩 飞

出版发行：化学工业出版社（北京市东城区青年湖南街 13 号　邮政编码 100011）

印　　装：三河市双峰印刷装订有限公司

880mm×1230mm　1/32　印张 9¾　字数 172 千字　2023 年 7 月北京第 1 版第 1 次印刷

购书咨询：010-64518888　　　　　售后服务：010-64518899

网　　址：http://www.cip.com.cn

凡购买本书，如有缺损质量问题，本社销售中心负责调换。

定　　价：48.00 元　　　　　　　　　　　　　　　　版权所有 违者必究

目　录

随 机

[美]安迪·威尔/著

埃德温·拉特利奇自窗口向宽阔的拉斯维加斯大道望去。他在巴比伦饭店的房间和赌场顶上的办公室就是财富的象征。办公室里，一张雅致的玻璃咖啡桌旁边，摆着一排产自意大利的皮沙发。来访的客人们并不知道，他们身下的每一个座位价值堪比一辆普通的汽车。但是，在一个以奢华为荣的城市里，对拉特利奇来说，安静这个品质比一个全身都闪烁着"我很贵重"字眼的物品更加重要。

尽管如此，还是有一些证明他地位的东西——立在精美波斯地毯上的桃花心木书架和古玩柜。古董胡桃木书桌后面，则是令人惊叹的城市景观。

"先生，"秘书的声音从对讲机中传来，"IT人员来了。"

他整了整钻石袖扣，按下了对讲机："让他们进来。"

门打开了，一位看起来令人不适的男子拖着脚步进来了。不合身的牛仔裤、印着星球大战图案的 T 恤（也许是星际迷航——拉特利奇永远分不清两者的区别），再加上网球鞋和一头完全未加修饰的乱发，让他看起来更像是位赌客，而不是赌场员工。

拉特利奇指了指书桌对面的皮椅道："请坐。"

男子胡乱点点头，坐了下来。他就像一个被叫到校长办公室训话的捣蛋孩子一样，到处乱瞄。

"所以，陈先生——"

"尼克。"

"抱歉？"

"叫我尼克。"

"陈先生，请告诉我为什么基诺彩厅离线了？"拉特利奇说。

"好的，发生了——"

"基诺彩厅每天能给巴比伦赚 20 万美元。"拉特利奇打断了他。

"是的，但是——"

"你关了它。所以你一个人今天就用掉了我们 20 万美元。"

陈皱着眉："不，我给你省了几百万美元。"

拉特利奇挑了挑眉毛。

"你听说过量子计算机吗？"

"我时不时在新闻上看到它。"

"过去几年里，量子计算机的研究取得了重大进展。降噪技术已经实现，相干性保护已经接近完美了，长期状态管理可以保持量子位① 几个月的安全。但今天的情况很特殊。今天，夸纳技术公司的新模型机 707 上市了，它会完全改变游戏规则。它拥有 1024 qubit 的系统，512 qubit 的长期存储能力。而且我们所讨论的，是逻辑上的 qubit，而不仅仅是物理层面的——"

"我要打断一下，这些对我毫无意义，跟基诺彩也无关。"拉特利奇说。

"不，有关系。几个月来，我一直尝试警告所有人。但你们这些管理者总不理我，所以我只能用自己的重载密码关闭了所有机器。"陈双手捏拳。

"立刻全部重新打开。"

"听着，我在努力保护你。如果你想让基诺彩系统重新上线，没问题。我在这里用你的电脑就能登录，给你打开主控制页面。我甚至会告诉你要点什么按钮。但你要自己点，我不会负责的。"

拉特利奇举起一只手说："好吧，陈先生。显然，这事让你

———————————

① 原文为 qbit（quantum-bit），指量子计算机中的最小信息单位（本文注释，如无特殊说明，均为译者注——编者）。

上火。冷静一点，跟我解释一下。"

陈深吸了口气，又吐了出来。他坐了回去。"好吧。是的。量子计算机与普通的计算机完全不是一回事。由于在类似叠加和纠缠这些奇特的量子物理属性上有优势，它才能解决数学问题。通常来说，在数学问题上，它的计算速度比普通计算机更慢。但对于某些问题，它的计算速度要快得多。"

拉特利奇点点头。

"对于随机数发生器，你了解多少？"陈问。

"一无所知。"

"不开玩笑？"

"我的工作是经营这家赌场。我还没自大到以为自己能了解经营中的所有细节，所以我雇佣你这样的专家来处理特定领域的专业问题。希望你了解这一点。"

"好吧，非常合理。事情是这样的：不存在真正的随机数发生器这种东西，只有计算机制造的伪随机数。"

"有什么区别吗？"

"伪随机数是以复杂的数学公式生成的。你插入一个数字——假设这是一粒种子，或者数学公式的起点——就会得到一系列看似随机的数字。该公式具有指数、余数等各类要素，从而令其成为不可反推的工程化结果。"

拉特利奇擦掉了等级指环上的一个小污点。"好吧，很有道理。如果你给发生器赋予同一个种子，会再次得出相同的数字序列吗？"

陈指着他："对，就是这个！这就是问题所在。"

"这个系统已经使用了几十年，从没出现过任何问题。"

"问题在于量子计算机。还记得我说过，公式无法通过已知的输出结果来反推吗？这个表达并非完全准确。对于传统CPU来说是不可反推的——需要用全世界的计算机，算上几个世纪来检查所有的种子值。但量子计算机用了不同的方式。它们有点像……"他冲着四周挥舞双手，"同时尝试所有可能的值，然后坍塌成结果。这很复杂。长话短说，它们很擅长寻找类似问题的解决方案。"

"嗯，我明白了。"拉特利奇说。"如果有人这样做了，他们就能预测出基诺彩机器生成的数字？"

"对，"陈说，"由于现在的用户可以使用夸纳科技707了，我不得不关闭了基诺彩厅。正如我说过的那样，诈骗犯很可能正在研究随机数种子的破解器，破解它是早晚的事。"

拉特利奇站起身，从书桌后面走向吧台。"这是个有趣的问题。对于赌博业来说，是个全新的问题。要来一杯鸡尾酒吗？"

"呃，不了，谢谢。"

"嗯。"拉特利奇从不信任不喝酒的人。那些人要么就是不懂享受生活的人，要么就自以为是。无论哪一种，都说明他们很难应付。拉特利奇在调酒器里加入冰块、朗姆酒、柠檬汁和净糖浆。"你有解决方案吗？"

"是的，先生。但非常昂贵。"

拉特利奇将调制的混合物倒进鸡尾酒杯，啜了一口。没有什么比代基里酒更棒了。这是真正的代基里酒——混合冰块后直饮，不像 7-11 便利店的思乐冰饮料那样融成一团。"你有什么计划？"

陈的双眼闪过一道光。"我们用量子对抗量子。我需要一台夸纳科技的量子计算机。我可以在上面编写软件，生成随机数。我是说那些真正的随机数。量子物理是宇宙的随机数发生器的基础。它们将完全不受模型反推的影响，因为根本没有模型。"

"这样一台计算机花费多少？"

"30 万美元，再加上一些安装和运行的成本。我知道这很多，但是——"

"就这样吗？就这样办吧。"

"哇哦！我是说……我本来没指望你这么快就同意的。"

拉特利奇耸耸肩："不把 IT 部门的人放在眼里？那我可真是蠢。"

"哦，伙计，这会超酷的。"陈咧嘴一笑。"我是说——这样说可能不太专业，但是，哇！我可以玩自己的量子计算机了。那就像，美梦成真！"

"我很高兴你感到开心。基诺彩厅重新上线还要多久？"

陈仰头思索着。"我跟夸纳科技的人聊过。他们会派出一名员工帮忙安装。如果我们今天订购并要求加急的话，这台计算机会在两天内到位并安装完毕。以量子逻辑编写的随机数发生器写起来简单到难以置信——一个小时我就能写完。再硬联入基诺彩系统……我认为，总共三天就能完成。"

"搞定它。我会给你 40 万买电脑和付其他的费用。等你回到办公桌前，这笔钱就会到你账户了。"

陈微笑着离开了办公室。

"我们用量子对抗量子。"

陈从未有过如此畅快的感觉。

夸纳科技 707 光滑的圆柱形外壳在蓝色的氛围灯映照下熠熠生辉。它的前面，只有一台显示器和一个黑色键盘，等待着他的碰触。

夸纳科技派来的代表波拉萨·辛格完成了对布线的检查。

"好的，我们准备好启动它了。"波拉萨说。他仰头看向天花板："这房间有点奇怪。这些蓝光一直都在这里吗？"

陈没有挪开视线，一直盯着计算机："我昨天装上的，酷家伙需要酷灯光。"

"你的人看起来不大开心。他们一直对我摆着臭脸。"

陈像赶苍蝇一样挥了挥手："为了给这个宝贝儿腾地方，我不得不将服务器机架挪到休息室里。他们会习惯的。"

"好吧……"波拉萨按下了"开机"键。不到三秒，屏幕上出现了一个闪烁的光标。它毫不花哨，只配了键盘和控制台——就是计算机该有的样子。

"亲爱的！我想写个随机数。"

波拉萨打开用户手册，翻了几页，然后交给了陈："有几个用于测试的预装程序，都列在这里了。"

陈接过来，眯起眼睛看了看。蓝光很惊艳，但并不适合阅读。没关系，反正它也没什么真正的用图，只是为了摆酷。

他把手册放在一旁，活动了一下指关节，走向键盘。"好了，开工！"

```
>EXECUTE RNG_TEST
>RANDOM BIT RESULT: 1
>END
>|
```

"噢，天呐！激动人心！我们都准备好了吗？可以开始了吗？"陈笑容满面。

"差不多了，还得安装一下长时存储单元模块。"

"啊，对。那玩意儿可太棒了。它能一次保持状态好几个月？你们这些家伙可真是天才。"

"呃，我可不是天才。天才们都在办公室里坐着呢，我只是个现场销售代表。事实上，我对那里面的物理学原理几乎是一窍不通，但我笃定一点，再没有别家能在内存量子位上提供99.999%的相干性保护了。"

他打开了地上的一个塑料盒，里面装着一个绝缘良好的金属盒，上面插着些电缆。

"你听说过海湾赌场吗？"陈问他，"就顺着那条街下去。"

"没有，出什么事了吗？"

"今天早上，在拔掉插销前，他们的基诺彩厅损失了200万美元。诈骗犯用小赌注套现，而且人数很多，有数百人参与。想区分出作弊玩家和合法玩家根本无从下手，所以海湾赌场只能兑付了所有彩票。这事都上了新闻。"

波拉萨皱起了眉头。"我们不能容忍自己的产品被用在非法活动中。"

"是的，我知道。"陈回答。"关键是，我预测到了这件事。老板现在真是爱死我了。"

"听你这么说，我可真高兴。"波拉萨说。

"我敢打赌，今年我能获得一大笔圣诞节奖金。"

"不错，挺好。"

"如果有诈骗犯想对我的系统用逆推工程法，就会获得一个让他们痛不欲生的惊喜。真正的随机哦，混账们！"

"好吧，但是请记住，它的安全性取决于这台计算机自身。如果系统遭到入侵，有人精挑细选好了种子，并用上面的伪随机算法替换了你的软件，他们就会提前知道所有的数字。"

"哦，我已经解决了这个问题。这个宝贝儿有着铜墙铁壁。它没有连入赌场里的网络，也无法访问互联网，更不会接受任何形式的通信。它只通过硬件线缆和基诺彩机器相连。我甚至没有给它部署请求—响应系统。它只会每15分钟提供一组基诺彩数字。不会有信息进入707里，纯字面意义上的。连交流都无从下手，就更没办法黑掉它了。"

"大多数公司的欺诈案例都是监守自盗。"波拉萨朝门外瞥了一眼，怕有别的IT人员听到他的话。

"这不是一回事。这个放服务器的房间就是保险库，只有我有钥匙。"陈拍了拍口袋。"门一打开，安保系统就会给我发消息。所以，就算有人拿到了我的钥匙，或者想方设法搞到了复制的，一进房间我就会知道了。一分钟不到，我就能把武装警卫派过来。"

"听起来确实牢不可破，不过要记得，系统的安全性取决于其操作者。"波拉萨将存储模块的电缆弯折。

"我在IT行业工作了17年。相信我——我清楚该怎么做。"

波拉萨插上了最后一根电缆。他向系统输入了一些诊断命令，然后对着输出结果点了点头。"好了，存储器安好了，系统看起来一切正常。"

陈轻抚着显示器："好的，是时候做些量子编程啦！爸爸的基诺宝宝需要它的数字！"

"祝你玩得开心。明天早上之前我都在镇上。如果遇到问题，给我打电话。另外，你能推荐一家这附近不错的餐馆吗？"

"你在开玩笑吗？你以为今晚要自己付账吗？哦，绝不可能。去豪客俱乐部，你的名字已经登记过了，想吃什么就吃什么，算我们头上。"

"哇，谢啦。"波拉萨说。"如果遇到问题，就给我打电话。"

"会的！"陈说。

波拉萨带着微笑，离开了服务器储存间。

舒米帮丈夫收拾了行李。他的拉斯维加斯之行将带去一场飓风。他下午会飞过去，给巴比伦赌场安装一台计算机，然后第二天一早再飞回来。很多妻子会不放心自己的丈夫独自一人去那个罪恶之城，不过波拉萨一直忠诚又痴情。

严格来说，他只需要一套替换衣服就行。不过，他的随身行李空间很大，那为什么不多准备一些呢？她打包了三件仔细熨过叠好的白衬衫，还有两条黑色的休闲裤，又放了两条蓝色的领带，外加一条红色的，后者只是她觉得有趣才放的。他系着红色领带时，看起来如此英俊，不过他总是戴蓝色的。她又在上面放了满满一自封袋的自制佩达（印度的一种甜点）——他在酒店的时候可以当零食吃——然后拉上了箱子。

她走到小厨房，波拉萨正在吃她之前做的米饭和木豆。"还要酸奶吗？"她问。

"够了，谢谢。太好吃了！"

"还有香米布丁当甜点，留点肚子。"

"嗯。"他说。

她在桌子对面坐下。他们几乎从来不一起吃饭——她在印度长大，都是晚上 8 点到 9 点吃晚餐，而他在美国长大。不过，传统的包办婚姻还是很成功的，她无法想象自己跟其他男人在一起生活。

"你紧张吗？"她问。

他放下叉子。"说实话，确实。这一切似乎非常危险。拉斯维加斯是……嗯……那里的人可能很危险。"

"由你决定。如果你愿意，我们可以什么都不做。"

"不，我想那样做。"他冲着公寓比画了一下，"这不是我想要给我们俩的，也不是我想给你的。在奥克兰一个治安可疑的区域，住着一栋简陋小屋里贵得离谱的一居室？而这在硅谷工作的人都住不起。太荒谬了。"

"我没什么要抱怨的。"她说。

"你值得更多。我们想要个孩子。我们需要更多空间。为此，我们需要更多钱。但是，如果我们被抓住了，会有好长一段时间待在监狱里——"

"不会出现那种事。"她说。

"我们还没机会真正了解整个系统的运作原理。你能确定我们不会被抓住吗？"

"不能。但没有证据的情况下，怎么会有人怀疑我们呢？"她从桌子旁站起身，向自己在袖珍起居室里的小工作区走了过去。她的夸纳科技 707 发出轻声嗡鸣。光标在显示器上闪动着，等待着她的指令。有两台长期存储模块与计算机相连。

"安装这个难度如何？"

"易如反掌。"她在控制台上执行了一个程序，一秒不到安装就完成了。"就是这样。我存储单元中的每个量子位，现在都与你将要在巴比伦安装的模块中的量子位相纠缠了。"

"你确定他们没办法知道量子位是纠缠的吗？"

"想知道某个量子位是否纠缠，从物理上来说是不可能的。"

"纠缠具体又是如何让我们在基诺彩上做手脚的呢？这些量子什么的总是让我很困惑。"

舒米的父母已经竭尽全力了。从一学会说话，她高到离奇的智商就显露出来了。他们把她送到了最好的天才儿童学校，但在她眼里，那些学校还是太过乏味。为了跟上她飞速的学习速度，他们在请家教上花费巨大、负债累累。

不过，用不了多久，她就能回报他们了。她还能和波拉萨过上想要的生活，实现他们的美国梦。

她的父母知道，根本找不到跟她一样聪明的男人，所以他们选择的重点在于"足够聪明，不会落后"。波拉萨有他自己的才华，他们俩真是天生一对。

"量子物理学是一种令人困惑又违反直觉的东西。其中所蕴含的支配准则，与我们预期的完全不同。这么说吧，通过设置就可以这样：只要你将两个量子位中的一个随机化，则另一个会变成相同的值。一旦这样设置，它们就'纠缠'了，它们无论距离多远，多么不相干，或者你在使用前等待了多久，都没有关系。一旦纠缠，就会确保在随机化时结果一致。"

他指着存储单元时说："所以我们有某些数据的两个副本？"

"不，别把它想象成数据，将这些存储单元想象成两堆骰子，但彼此有神秘的联系，一旦你投出其中一堆，再投另一堆，结果会是一致的。"

"这说不通。"

"量子物理学是说不通的，"她说，"别想太多——这可能会令人很痛苦。"

"一旦彼此纠缠，在随机化时肯定会得出相同的结果。"

他坐在椅子上，焦躁不已。"他们的存储单元和我们的已经相连。因此，基本上彼此能跨国对话。但你不是跟我提起过，量子纠缠无法用于通信的吗？"

她在键盘上敲击着，做了个快速自检。"确实，我说过，也确实如此。但我们所利用的是个漏洞。双方无法通过量子手段通信，但彼此可以观察各自的结果，并采用相应的行为。"

"那似乎就是通信。"

"不完全是。想象一个安装了交通灯的交叉路口，交通灯彼此在功能上就是纠缠的。如果我看到一盏灯变绿了，就能知道另一盏是红色的。"

"目前我还能理解。"他说。

"假设有两辆车都在靠近这个交叉路口。一个司机看到了红灯，另一个看到了绿灯。两名司机都没有以任何方式跟对方交谈或沟通，但他们两个人都看到了自己方向的灯，就知道自己该做什么，另一名司机又要做什么了。这之间不存在通信，只是事先就红灯和绿灯的含义达成了协议。"

"好吧，那么关于这些量子位的含义，我们是否跟赌场达成了'事先协议'呢？"

"我们确实有。"她回到了小厨房里,搅拌着香米布丁。"巴比伦赌场有一台从 2002 年开始使用的基诺彩计算机。虽然老旧,但很可靠——这正是赌场所喜欢的。制造商发在网上的文档资料很不错,所以关于随机的量子位值会生成怎样的随机数这一点,我有确切的了解。在我们自己的量子位上运行它,我们就会得出完全一样的随机数。这个算法就是'事先协议'。"

"为什么不对所有的量子位做纠缠,而仅仅用到长期存储中的那些?"

她尝了一口香米布丁,味道刚刚好。"纠缠并非永久性的。还记得我提过的那些神奇的骰子吧?它们只能用一次。一旦投下,咒语就被打破了,彼此之间的联系就不复存在了。如果你再投一次,魔法不会再出现。只是这两个随机数了。所以你只能投一次——就一次——你会知道另一堆骰子会被怎样影响。"

"我懂了。所以我假设,707 的正常功能会一次又一次地复用量子位?"

她将一大勺香米布丁盛到碗里。波拉萨热爱甜食,总是吃了还想吃。"是的,赌场的基诺彩机器会在几秒之内耗尽我们提供的那些纠缠的量子位。所以我的诀窍是让它们将长期存储当作内存使用,然后在某一刻突然袭击。"

波拉萨将盘子推到一边,给布丁碗腾出地方。"我们要怎么做?"

"707 每周会进行一次相干性自检。你安装系统时，确保设置好将自检时间定在这周日晚上的 11 点 58 分。"

她整了整身上的纱丽。美国人穿美式服装当然很好看，但她更喜欢传统服饰。"自检大概需要 5 分钟左右。那个时间段里，如果要求系统运行量子位，就会用到存储在长期存储器中的量子位，因为正常的内存在忙。巴比伦每隔 15 分钟就会抽一次基诺彩结果——周日午夜时分会有一次抽奖，那就是我们动手的时候。不过，我们只有一次机会。长期存储器只能存放 512 个量子位，而基诺抽奖会抽出 20 个随机的数字。"

波拉萨举起一根手指："20 个数字只会占用 160 个量子位。所以在耗尽这 512 个量子位前，我们大概有三次尝试机会。"

她摇了摇头。"每组数字必须是唯一的，而且都在 1-80 之间。会有很多抽到的数字是重复的。而计算机会持续抽取，直到产生 20 个唯一的数组。"

"啊——"

"一旦系统耗尽了长期存储器容量，就会循环使用存储空间，重新随机化并复用已经测定过的量子位，我们对那部分会一无所知。"她叹了口气。"如果我能在你安装之前，对计算机进行修改，一切就会简单得多。"

"这一点永远也做不到。每个接口都是由厂家封装好的，而且 OS 系统是**存储**在只读存储器上的，跟长期存储的模块相同。

将它偷偷拿到这里给你准备倒是很容易，但如果想打开或者修改硬件，赌场在查看系统时就会知道了。"

她将布丁和一柄新勺子放在他面前，说："你确定他们会注意到吗？"

他点点头。"非常确定。我跟巴比伦的 IT 经理通过电话。他……非常勤勉，极其细致。"

"那么，这也是唯一的办法了。"她说，"幸运的是，长期存储是预先叠加态的。系统会在首次使用时跳过阿达马操作。"

"我一点也听不懂。"

"最重要的是，系统会有一个小的性能优化，从而造成了我们将要利用的安全漏洞。"她回到客厅，坐在电脑前。"现在是获得这些数组的最佳时机……"

"等等，什么？"他说，"现在？我没搞懂。"

她在控制台上输入了一些命令。"纠缠是一条双车道。我现在就能估算一个存储单元的值，另一个的结果会是一样的，无论巴比伦什么时候做估算。"

"所以，你基本上是……现在就生成周日晚上的基诺彩数组？"

"对。"她敲下"回车"键，屏幕上立刻出现了一串数组。她专注地盯着屏幕，将输出结果默记于心。象头神甘尼许（印度教中掌管智慧和财富的神明）保佑，她的记忆力非常惊人。

"那些就是？那些数组？"

"是的。"她说着，但双眼一直盯着屏幕。

"你是在记它们吗？为什么不把它们记在文件里，或者用手机拍张照片？"

"不。"她摇摇头。"不能有任何痕迹。从现在起，一切都只存在于我的大脑中。"

"啊，对。有道理。"

她闭上双眼，让数字在脑海里浮现出来。20 个数字全都清晰可见。她睁开眼睛，对着屏幕又复查了一次，结果无误。完美。

波拉萨搅拌着香米布丁，不寻根究底对他来说可不寻常。

她转过转椅，面对着丈夫："怎么了，亲爱的？你似乎还是心神不宁。"

他摆弄着勺子问："一定要你去下注吗？"

"当然必须是我。他们会认出你，发现你就是给他们安装计算机的人。"

"难道我们不能付点钱，找个大学生来做这件事？或者有其他办法吗？"

她皱起眉，摇了摇头。"同谋者会增加复杂性。我就是我们唯一能信任的下注人。"

"是啊，我想也是这样。"

"不会有事的，老公。吃你的香米布丁吧。"

"好吧。"他咬了一口，放松下来。甜食让他心情愉快。

有时候，他是个复杂的人。但其他时候，他相当单纯。寻找那些单纯时刻，并让他快乐起来是舒米最大的乐趣之一。

她微笑着，看丈夫吃东西。

基诺彩厅里，舒米小口抿着柠檬水。四周的人群比高峰时段要略少一点。在拉斯维加斯的赌场里，就算是午夜也非常热闹。空气中，叮当声、哔哔声和嗡嗡声一如既往，刺耳无比。

她抓着中奖的那张彩票——嗯，很可能会中奖的彩票——和一堆肯定不会中奖的彩票夹杂在一起。如果她只买一张，就会很可疑了。

许多东西都可能会出问题。长期存储单元或者计算机本身可能会出现软件故障，要求对所有量子位进行重新随机化。相干性自检的设置可能有误，可能已经做完了，或者还没开始。那么，她的数字获胜的希望将不会比其他人的大。

为了融入游客中，她穿着比平时更加传统的纱丽，全身上下都是黄铜饰品。她用手机拍了些照片。哪个游客不会这样干？

电子乐声回荡在基诺彩厅里，表明下一轮抽奖即将开始。她扫了一眼基诺彩投注台上方硕大的显示屏，抓紧了手里的那沓彩票。

随着俗气的动画播放，以楔形文字风格（就像上古时期刻在泥板上的数字那样）显示的基诺彩数字便填入了方框里。方框里的数字闪来闪去，旁边一个巴比伦弓箭手对着方框射出一箭，正中靶心。娱乐感十足，也很愚蠢。如果一切顺利的话，第一个数字会是"9"。

弓箭手射出了箭，一道弧线在方框上方划过，击中了数字"9"。

舒米舒了口气。

之后，事情照计划进行。其他数字也像预测的那样，命中了该中的数字。舒米装出一副喜出望外的样子，兴奋地跑到投注台，宣告她的胜利。

这次的中奖金额太大了，足以招来场地经理核实彩票了。在检查了监控录像、确认了她的购买者身份后，他们请她稍等，然后拍了照片。赌场的经理都下来了。

拉特利奇握了握舒米的手，"恭喜。"

两人站在一块明亮的标牌前让赌场摄像师拍照，标牌上显示着"基诺彩九番累积奖池：741，299 美元"。

"谢谢你。"她带着浓重的印度口音说。

"你怎么选出中奖号码的？"拉特利奇问。

"我随便选的。我只想给我在孟买的朋友秀一下彩票，根本没想过能中。"

"你打算用这钱干什么？"

她微笑着："我会把大部分给家里，他们很穷。这些钱能帮他们很大忙。然后我会买辆美国大车开回印度。"

"暂时就这样吧。"拉特利奇对摄影师说。

摄影师走了，拉特利奇把舒米带到了电梯旁。"辛格女士，我相信这一切对你来说都很陌生，我会帮你渡过难关的。"

"你是个大人物，我不用这么重要的人帮忙。"

"别客气。这对巴比伦来说也是很好的宣传。大奖对于赌场来说，是最好的广告。"

"谢谢你，拉特利奇先生。我们现在要怎么做？"

他按下电梯按钮，说："首先，你得跟国税局的人谈谈。现在他们需要你缴税。我们会直接付掉税款，将剩下的用银行支票的形式发给你。或者你愿意的话，发现金也行。"

她笑了。"哦，不了。不要现金。带那么多现金，我走不动路了。"

门开了，他们走了进去。他在读卡器上刷了一下，所有亮起楼层的按钮都暗了，只剩下最顶上的按钮还亮着。他们一路直接上了顶层。

他引着她从电梯走出来，穿过一间红木装饰的空办公室。"抱歉，我的秘书还在家里。"他解释道，"毕竟现在快凌晨1点了。"

"当然。"她说。

他打开了通往自己办公室的华丽双扇门，灯自动亮了起来。

“能请你喝一杯吗？”他直奔小酒吧。

“我不喝酒，谢谢。”她跟着他走了进去。

“真可惜。”

“国税局的人在哪？”她问。

他抬手示意她在豪华皮沙发上坐下。“哦，他没在这里。”他给自己倒了一小杯威士忌，杯底浅浅一层，两指不到。

“为什么不在？政府不想要他们的税款了吗？”

“不会有税款的。”他呷了口酒，从桌子上拿起一个文件夹。“我的安保人员很细致，你知道我们对所有赢了超过10万美元以上奖金的人，都会做完整的背景调查吗？”

“我不知道。”她噘起嘴。

“你的口音似乎消失了。”他打开文件夹。“你知道这个世界上有多少个舒米·辛格吗？相信我，有很多个。但只有一个是天才，还拿了物理学、数学和量子理论的博士学位。这简直巧得离谱，你不觉得吗？一位才华横溢的量子物理学家，在我们安装量子计算机之后的第五天，赢了我的九番基诺彩累积奖池。哦，顺便提一下，你还嫁给了那个帮我们安装计算机的人。”

她移开视线。

“拉斯维加斯有很多聪明人都想作弊。非常聪明的人——天才、科学家、电子工程师，应有尽有。全世界的人都想来试试他们的计划。他们也总是有一些我们没想过的方法。因为他们很聪明，跟你一样。"

他坐到了书桌前，向前倾身，说道："你比我想象得要聪明得多。我觉得承认这一点并不可耻。但经验是不可替代的。你知道所有量子物理相关的知识，但我有经营这间赌场 20 年的经验。拉斯维加斯有一百多年抓这些绝顶聪明人的经验。"

"你什么都无法证明。如果你不把我赢的钱付给我，我就送你上法庭。"

他扬起眉。"哇，你真有勇气，我得承认这一点。"

"与你赌场的利润相比，这只是微不足道的一笔小钱。不值得你花时间追究。"

他提高了嗓门："如果有人偷了我 5 分钱，我会花 10 万美元去追查他！这无关利润，这是为了保护这家机构。外面有上百家赌场等着接待我的客户们。这里如果有一点点欺诈和管理不善的蛛丝马迹，都会玷污我们的名誉，让我们看起来像二流赌场。拉斯维加斯大道容不下二流赌场的存在。人们来这里可不是为了进普普通通的赌场，他们要的是最好的。"

他深吸了一口气，恢复了正常的音量。"根据我的 IT 经理的说法——顺带一提，他现在很困扰——某种所谓的纠缠，就是罪魁祸首？我不太明白这是怎么一回事，不过他说，我们计算机的长期存储单元肯定跟别人的挂在了同一台计算机上。我猜是你丈夫在将它带给我们之前，带给你了。"

"理论上讲，如果这种情况发生过，两个驱动上的量子位也不再纠缠了，也没办法看出来它们曾经纠缠过。"

"你瞧，你又来这一套，聪明人都这样——像个量子物理学家一样思考。"拉特利奇摇晃着杯里的威士忌。"我倾向于以更像罪犯的方式思考。我们的长期存储单元就在我们的保险库里。你从来没进过我们的保险库。但我敢打赌，就在你之前处理它时，上面留下了你的皮肤细胞。"

她睁大了眼睛。

"是啊，聪明人会被最简单的事情绊倒。无论如何，警察已经快要到了。"

"什么？"

"当然，我可以让保安拘捕你。但那样的话，明天的新闻就会写出'拉斯维加斯的亿万富翁雇人欺负一个不明所以的外国女子'这样的话。所以，把你引到这里，让警察来接你要更好一些。"

她猛地站起身来。

"那部电梯只有钥匙卡才能刷开，你哪里也去不了。"他向她举起酒杯。"你确定不要喝点什么吗？"

"稍等下……"她说，"我想想。"

"想什么？"

"解决办法。"

"呃，没有办法了。警察再过几分钟就到了。"

"那么我还有几分钟思考。"

"瞧，你又来了，跟所有聪明人一样，像量子物理学家那样思考。我倾向于按照罪犯的想法来思考。"

他耸耸肩。他没有幸灾乐祸。他似乎一点也不觉得高兴。他做这些不是为了报复，也不是为了钱，而是关乎尊重。

她皱着眉头，她确实取得了些进展。

他的赌场就是他的生命，是他的宝贝。像他这样的亿万富翁，不需要监督公司的日常运营。他可以很轻松地雇到人来管理，将自己的时间花在欧洲的雪场里，或者做些别的什么。他可以想做什么就做什么。而他想要经营这间赌场。

还有得到尊重。不，不完全是。这跟他的自尊无关，而是赌场需要被尊重。为什么？因为缺乏这样的尊重，生意就会遭殃。所以，这一切都是为了生意获得成功。而她的骗局，让这一切都处于危险之中。

答案找到了。

"我有一个提议。"她说。

"抱歉，你在说什么？"

她坐回去，双手交叉放在膝上。"你让警察回去，把奖金付给我。"

"我为什么要这样做？"

"我丈夫会辞掉他在夸纳科技的工作，我们两人会开一家新公司——一家专门为赌博业制作专用量子设备的公司。以他在这一行的背景，加上我在这项技术上的专业知识，这样做很合逻辑。"

"我还在等你的原因，我为什么要这样做？"

"开办这家公司所需要的花费，比我们的奖金还要多。所以你得作为一个匿名的天使投资人。"她若有所思地说。

他笑了。"我的天！之前我说你很有勇气——这话太轻描淡写了，你差不多疯了。"

她继续侃侃而谈："我们的新公司会制造量子随机数发生器。我们的产品是一个盒子，通过量子特性生成真正的随机数流，并以稳定的速率进行输出。没有配置，没有操作系统，只是一个串行端口。"

拉特利奇抬起一根手指，张了张嘴，又停住了。他想了一下，然后终于开口了："每家赌场都会想要那样的盒子。它们会需要数以千计这样的盒子。每台影像扑克机、每台老虎机，等等，全都得配上一个。这是具有巨大潜在市场的出色商业模式。"

"谢谢。"

"我可能会为此投资一家初创公司，但不会跟你合作，你还是得去坐牢。"

"不，你会跟我合作。"她在开口前已经胸有成竹——时间非常关键。一旦警察到了，就都完了。"跟我们合作。我是说，我的丈夫，还有我。"

"不夸张地说，你只是打算抢劫我。"

她慢慢点了点头。"是的。所以我们已经确定过了，我有一定程度道德上的灵活性。"

"我为什么要关心——"

她站起来踱步。"我们亏本出售这些盒子。不惜一切代价，让所有人都来购买，并击败可能突然出现的竞争对手。"她加快了语速。"没错，这应该会让所有主要的赌场都加进来。当然，这些盒子是防篡改的。不，不仅是防篡改，而是彻彻底底地密封，这样就没人能修改了。"

拉特利奇桌上的电话嗡嗡作响。他按下按键："喂？"

"先生，警察来了。"扬声器中传出声音。"他们说你呼叫了警察？"

"是的，送他们上来。"他挂掉了电话，转头看着舒米。"请随意慷慨陈词。"

根据之前的经验，她知道电梯上来要花 90 秒的时间。她还有 90 秒。她双手拍在拉特利奇的桌子上，急促地说道："提前定好时间，从现在开始几年左右，所有的随机发生器会同时失效。因为我们一开始在程序里就设计好了。"

"定义'失效'？"他皱了下眉。那是他感兴趣的迹象吗？

"到时候它们全都会稳定输出源源不断的零。大多数使用它们的赌博机都会崩溃，因为其软件不会允许每次获得重复的'随机'数。至少，它们会关闭。其他系统也许会保持在线，在每次使用时给出相同的结果。这甚至更糟——尤其是在玩家刚好赢的时候，镇上的每家赌场都会陷入混乱。"

"除了巴比伦。"他望向天花板，恍然大悟。

"没错！除了巴比伦。因为你已经拥有一个不同的系统了。你可以说，你从没费心去升级，真是幸运。那么会发生什么呢，拉特利奇先生？如果巴比伦是拉斯维加斯唯一一家拥有正常运转机器的赌场，会怎么样？"

"我们会获得所有顾客，每一个顾客。"他放下苏格兰威士忌，转动椅子朝向城市景观。"我们的竞争对手会损失数亿美元。"

"他们需要时间来改造所有的机器。他们不会回头选择老式的非量子随机发生器。那个时候，每个人都有量子计算机了，能够破解伪随机数发生器。他们必须像你一样，设置一个有中央量子计算机的随机数发生器。"她在他的桌子旁转来转去。

他捏着下巴，说道："对于那些系统的大量需求，会导致所有人的速度更慢。我们也许有一个星期，也许两个星期，拥有对整个博彩机市场的完全控制权。唔——"

她站在他身旁，望着这个不知情的小镇。"当然，早在那之前，我和我丈夫会有新的身份安排，你会付给我们一大笔钱。假设有 1000 万美元？相比你获得的，这只是九牛一毛。"

他还是没有说话。

"这是一个机会，拉特利奇先生。有很大的风险，但所获得的回报的潜力也是巨大的。我觉得你内心里是个赌徒。你觉得呢？"

电梯发出叮的一声，门开了。两名警察穿过接待区，走进办公室。一名年轻些的，身材瘦长结实，而另一名看起来要比他大 20 岁的样子。年长些的警察很显然是管事的那个，他说："我们接到了电话，说你需要我们？"

拉特利奇转过椅子，面朝他们。

他看向舒米，然后转头看着警察："这位辛格太太刚赢了 70 多万美元，她才来美国，你们能否送她回旅馆保证安全？"

"当然。恭喜你，女士。"警察说。

"谢谢警官。拉特利奇先生，如果可以的话，我现在想喝一杯双份奎宁杜松子酒，多加柠檬。"舒米松了口气。

"当然，我很乐意。"他微笑着走向吧台。

安迪·威尔（Andy Weir），美国作家，曾在暴雪等知名公司做软件开发。其知名作品《火星救援》改编的电影广受好评。获得过包括坎贝尔奖在内的著名奖项。处女作《火星救援》大获成功后遂转行专职写作。他热爱太空和物理学，并喜欢将这些元素用在自己的作品中。

紧急皮肤

[美] N. K. 杰米辛 / 著

美丽的你，是我们的杰作。

你拥有能够用来改进人体设计的一切——更强壮的肌肉，更精细的动力控制，不受有机体桎梏、肆意变换、畅通无阻的思维，并经由世代高智商育种技术的支持。时候到了，你就会成为这个样子。请注意你那高贵的眉骨，那些古典贵族的特征，精瘦的肌肉组织，颀长的大腿，金色的头发。

你还不够华丽？总有一天你会的。但首先，你必须变得美丽。

我们该从简单介绍开始，因为现在你已经获得机密级的信息授权了。表面看来，这项任务很简单：返回已经毁灭的忒勒斯行星，也就是人类起源之地。我们的创世者在发现那个世界即将毁灭之际，秘密建起了穆斯库斯－莫斯推进器（MMD）。

之后，我们的祖先突破了光速，逃到了有另一个太阳存在的新世界，这样，有一部分人类——最好的那部分——就能幸存下来。我们会采用多年来由我们的技术人员进行大幅改造的新版MMD推进器，带你返回那个世界。这趟行程，从你的角度来看会花费数天，但等你回来时会过去数年。追随你祖先的足迹，这是多么勇敢的行为！

不，忒勒斯上已经没有活人了。我们的人离开时，这颗行星上各个生物群落都处于环境完全崩溃的状态。人口太多了，不健康的人、体弱者、年衰者、幼小者都太多了。就算身体状况理想的那些，也有思维迟钝和心理胆怯的问题。他们并不具有足够的集体创新意识和能力，难以解决忒勒斯所面临的问题，所以我们做了我们能做的唯一恩赐：离开了他们。

那当然是仁慈。你以为你的祖先想要把数十亿人丢在那里挨饿、窒息和淹死吗？我们的新家园只能接纳很少的人数。

忒勒斯离我们的家园有将近1000光年的距离，也就是说，上面传来的光线是那个世界在数百年前发出的。我们无法实时直接观测到它——但我们知道等待着它的命运是什么。忒勒斯现在已是一片坟地。我们估计，上面的海洋已经变得贫瘠，充满酸性物质；大气里满是二氧化碳和甲烷，令人窒息。降雨循环很早之前就停止了。步行穿过这片坟地会很可怕，也很危险。你会发现一座座被毒气淹没的城市，还在燃烧的地下煤矿，还有熔化的核电站。在那颗行星上，我们曾经建起遍布全球的高耸入天的建筑，是因为不受潮汐锁定①【参考：夜晚】。每当你在建筑物上，或是残骸上找到名字时，仔细看会发现所有那些在那颗行星上度过了最后几十年的伟人们，他们积累了必要的资源和技术，以保存最优秀的人类。如果不出意外，这个世界本应以养育了他们而自豪。

为了确保成功，并在长期隔离期间保障你的心理健康，我们为你配备了我们自身——一种动态矩阵式的共识智能，其中包含了我们的理念和能带来好运的理性。我们被植入你的脑海，与你一起去往任何地方。我们是你的伙伴，你的意识。作为生存援助，我们会为你提供那颗行星的基础资料。借助你的复合外壳，我们可以在需要时执行关键性的急救工作。如果复合外壳遭到破坏，或者出现类似的紧急情况，我们的程序写入了授权，允许你根据情况采取行动【参考：请求被拒绝】。你还不需要了解相关细节。请集中注意力，收起好奇心。只有任务至关重要。

你不能失败。这太重要了。但请放心：你体内有着最好的

---

① 潮汐锁定，天体术语，是指当空间中的某个物体绕着另一个物体旋转，该物体的年和日在时间长度上相等。这意味着这个物体自转一周的同时绕着另一个空间中的特定物体旋转一周。由于有着相等的年和日，另一个特定物体总是看到该物体的同一面，或者说这个物体被旋转和环绕。例如，月球永远以同一面朝向着地球。

我们包裹着你，保护你正确而安全地完成任务。你并不孤单，你会成功的。

你醒着吗？我们已经抵达太阳系的最外缘了。几乎要到了。

好奇。光谱显示，忒勒斯周围的太空是干净的，我们离开时，那里塞满了碎片。

而且更奇怪的是：没有无线电波。我们的家园太过遥远，无法侦测数十年来我们这个物种发往太空中的音频和视频信号——好吧，这并非故意为之。只是没人知道为何不这么做。我们曾经担忧这样的信号最终会将我们的存在透露给心存敌意的外星人……不过，这不再是问题了。

我们靠近太阳系时，会被那些音波所淹没——音乐、娱乐节目、过期很久的警告和命令……不，我们不建议收听。如今，这都只是噪声污染。但我们预料到了噪声的存在，它会以不断膨胀的气泡形式传播到整个宇宙中，在我们看来，这将会是忒勒斯最后的墓志铭。气泡苏醒前的沉寂？当然了，坟墓的沉寂。但并非真正的沉寂，由于忒勒斯上及其周围有太多自动化的东西，这些东西至少应当能再存活1000年。例如，应该还在或者已经不在轨道上的卫星。

太好奇了。

星星激励着我们，但不会束缚我们[1]。当然，尽管我们对这项任务的进展有着一定的期望，但我们并非全知全能，这也是我们没有用机器人执行这项任务的原因。在对付意外情况时，人类比人工智能要得力得多。你必须准备好应对一切突发情况。

不，这根本不对，大气分析的结果不可能与我们的模型相差如此之大。更大的可能是我们在经过土星附近时，被碎片袭击，导致飞船的增强光谱仪损坏。这些读数统统没有意义。

请做好太空行走和传感器维修工作的准备。请调整复合外壳，以屏蔽深空辐射。在火星时，你就想要看得更清楚些。现在你能看到了，而且没有飞船遮挡。

这——不可能。

那里有运动的迹象。那些是灯光。应该有生态崩溃的清晰迹象才对。但是，现在用我们存储的地图跟现实的相比较，看到大陆东南部的那条支线了吗？那里曾经是，哦，现在也是，科罗拉多河。地图显示，我们的祖先离开时它就已经干涸了。数百万人在向可能拥有更多水源的东部和北部迁移时丧生，无

---

[1] 原文为 Astra inclinant, sed non obligant，拉丁谚语，尤为古典主义者喜爱。这句话指的是命运将我们推到了一条道路上，但自由意志可以造就我们自己的命运。

数物种灭绝。但是，那条河又在那里了，又在流淌。

整个海岸线应该都消失了，那个国家应该都没了。那个群岛，那些冰盖——它们又出现了。不一样。它们是新的，但足以扭转海平面上升的情况。这是怎么一回事？

【国家：地缘政治结构的弃用术语，无需参考】

是，你是对的。很多，比家园多得多。在家园时，我们只维持着能够安全维持的人数：总数6000人，包括仆人和军人。这里肯定有数百万人，不，数十亿人了。和过去的模式一样，人太多了——不过空气清新。海洋比我们离开时还要干净些。

我们不知道——

我们没打算应对这种可能。请稍等，我们要计算新的共识出来——是的，任务仍旧至关重要。是的，我们仍需要目标样本，以制定新的——

是的——

不，没有那些样本，我们的世界将无法存活。

我们建议延期并进行研究。

当然，你可以拒绝我们的建议，但是——

啊，但是他们把你教育得很勇敢，不是吗？就像祖先一样，如果没有既果断又不乏理智的勇气，他们也将无法生存。非常好。

忒勒斯的人不会像你一样美丽果敢。不过，他们幸存了下来，无论他们如何侥幸存活，绝不要忘记他们典型的低劣性。他们缺乏选择理性而不听由情绪摆布的智慧。他们不肯为生存做必要的事情。与你不同。

　　小心前进。这是——你在看什么？当心。

　　这被称为森林。在家园时，你见过树丛吧？就在祖先氏族的私人居所。这些是野生的树丛。根据我们的记录，你是在曾被称为罗利市①的地方附近。看到树丛那边的那些废墟了吗？我们离开时，罗利市已经被水淹没了。很明显，他们重新开拓了这块地方，但让我们很惊讶，居然没人重新开发这里，或者至少没人砍伐、清除树林。我们发觉，这样的混乱场面十分丑陋且让人的行动效率低下。

　　你的复合外壳能够承受太空中的微粒撞击，所以当然不会被树枝和石块所伤。但这些东西还是会绊住你，让你行动变慢。我们已经为你绘制了阻碍最小的路径。请按照你平视显示器中展示的路线前进。

　　嗯，是的。我们猜测，你会认为它很漂亮。那是一块地衣。对，一切都绿油油的。那是一个水坑——经过沉淀后剩余，或者从地下渗出来的积水。我们不知道会不会很快下雨，但这么

————————————

① 罗利市是美国北卡罗来纳州和威克郡的首府，是美国第45大城市。

大的湿度确实表明存在有规律的降雨循环。

那些是鸟。那声音是鸟发出来的。就快日出了。它们歌唱是因为就快到白天了。

是的，感谢，请专注于任务。我们几乎要进入节能模式了。很显然，相对于我们的技术水平，这些人的技术水平还处于原始程度，但他们可能有一些基础形式的监视方式。小心前进。

【请参考：危险的野生生物列表】。

你的呼吸太急促了，这会让你的新陈代谢率提高到不可接受的程度。如果你继续以这种程度消耗营养的话，会在返回飞船之前就把养分耗尽。冷静。

我们不是因为你的恐惧而责怪你——

抱歉。兴奋和恐惧看起来大致相同，从神经学上来说。那么，你是兴奋。这是一个我们以为已经死去的世界。根据进化论，这里应该是我们这个物种的残余，很显然他们由于幸运而留存了下来。我们确实同意，这具有历史级别的重要性。

他们实际上在某种……平台上建起了整个城镇。哦，太迷人了！平台的材质看起来像是塑料，但仔细分析后，结果显示是纤维素。如果这些二氧化碳和氧气的读数正确的话，它也跟植物一样能够呼吸。请取样。生物学家们总是在寻找潜在的新商品——

哦——甚至没包含单分子的叶片？唔，很好。继续执行任务。

很奇怪，这个定居点被抬高了——在海平面上升时期，肯定有必要这样做，但现在这颗行星已经恢复正常了，没有必要再这样做了。也许是沉没成本[①]导致的？

一个抬高后的城市，比一个位于地面上的城市开销更大。水源等资源只能通过抽取的途径，送至生活平面层。这会增加维护方面的开销。如你所见，植被和野生动物迅速侵占了城市附近和下方的区域——

他们为什么要这样做呢？什么，就因为这样好看？不过，听起来确实是这些人会做的事情。请继续。调整复合外壳以便攀爬。

很好奇。他们没有军队组织，也没有什么可见的监视设备。这种环境的黑暗就是夜晚——对，就像我们分享过的参考里说的那样。调节你的视敏度，补偿光源。这个定居点的照明所产生的热量似乎很少，但如果有用的话，你可以激活红外线——控制自己，士兵！你的反应完全不合时宜。不，那个人并非技术人员，也不属于祖先的氏族。嗯，另一方面，看看他们的肤色。每种肤色都有，从黑皮肤到白化体？他们似乎对基本的优

---

① 沉没成本，又称沉淀成本或既定成本，是经济学和商业决策制定过程中会用到的概念，代指已经付出且不可收回的成本。

生学原理毫不在意。那边那个人身上有斑。瞧，令人恶心。动物才是这样繁殖的，人不是。

我们不知道——这个世界上的低等公民，必须在没有复合外壳的情况下劳作。如果环境已经恢复，在这个世界上，他们对于那项技术的需求就会降低。然而，很显然，没有复合外壳对他们毫无益处。

那种难以理解的胡言乱语听起来很耳熟，是因为跟我们的语言有关系。音频分析检测到了熟悉的音素和句法。然而，随着时间推移，加上有其他次等语言的注入，他们的语言似乎已经退化了。在家园里，祖先氏族一直积极鼓励我们使用他们的语言，还有那些尊贵的古语，而不允许使用其他语言。如果我们没有如此小心，很可能就会发生这样的事。我们需要更多的音频采样，不过现在我们应该能够组合出一个基础的翻译脚本——

呃——看那个人。那种形态叫作胖。胖人从审美学上来讲令人不快，从道德上来说令人反感，从经济学上来看毫无用处。瞧，那个可怜的人居然被允许变老。他为什么还活着？如果他创造了价值，就不该任由他这样退化。这残酷到难以理解。他们这里没有保养技术吗？他们将自己的创新能量用在了什么方面，徒劳地提升城市高度？啊，现在看那个——右边的，看到了吗？坐在一台类似椅子的设备上移动。他看起来从腰部往下都瘫痪了。肯定是因为这样，才会到处都有坡道，而且门如此宽——就是为了他，还有其他这样的人。食物、水还有额外的建筑材料，都悉数用在这样一个毫无用处、没有生产力和吸引力的人身上。

这些人没有任何改变。他们还是以最无足轻重和最差的那些人为中心来构建自己的社会，而不是将资源集中在最优秀和最聪明的人身上。我们无法理解他们为什么还活着……但如果他们至少能给我们一些需要的细胞培养物，我们就可以摆脱他们，返回文明社会了。

请稍等。在这条小巷里你似乎很安全，不会被发现，至少现在是这样。情境参数已经激活了我们身上的新协议，我们需要为你简单介绍一下。

我们提过的，在任务中如果遇到可能的紧急情况时，可根据情况采用措施。也就是说：为了完成你的紧急任务，你所采用的复合外壳，模型比通常用于军队级别的更先进。其中有一层可变形的纳米层，在激活后能够将嵌入复合外壳的碳微粒、合成胶原纤维、海拉质粒[1]转化为人类皮肤。从美学上来说，这套皮肤不够理想，不过至少能够减少你被发现的概率，从而使

---

[1] 海拉细胞是著名的不死细胞，源自海瑞塔·拉克斯的宫颈癌细胞。不同于其他一般的人类细胞，此细胞株不会衰老死亡，只要有合适的培养环境，它们就能在细胞培养基中无限分裂下去。

任务——

不，并非我们承诺过的脸和身体——

听着！听我说！紧急皮肤只是个权宜措施。等你一带着细胞样本回到家园，技术人员就能通过真皮层手术，将皮肤修改为原来承诺你的审美形态。我们当然会这么做。你会赢得这一奖励的，不是吗？如果你完成了任务，你就是英雄了。我们为什么要拒绝给你应得的奖励呢？

不，我们不认为像你现在这样，能够安全走进那堆人里面。这些人有着原始的价值观、原始的技术；他们从没见过复合外壳。他们似乎可以接受不同类型的脸孔形态，但你根本没有脸。对他们来说，你不具有能被识别为人类同伴的明显特征。你不会说他们的语言，但这不是重点。如果他们有武器的话，看见你的第一时间就会开枪。你会被俘虏或者死去，无法继续完成任务。

挟持人质？不，那太愚蠢了。那里肯定有 10 到 15 个人，都在忙自己的事——好像是某种宗教仪式，比如迎接太阳的舞蹈？太野蛮了。你怎么知道这些人里面，哪个会重要到能用我们需要的生物材料赎回？如果你抓了随便哪个仆人，他们只会听任他死去。有勇敢果断的行为——你知道的，我们推崇的那种，也存在愚蠢的行为。你对于这些人不够了解，无法制定出你想要的计划。你真的更愿意将一切都押上，而不是激活紧急皮肤吗？难道不够完美的前景，就算只是暂时的，都让你恐慌？

四级安全警报。肾上腺素管理器待命。边缘系统超频待命。武器装配功能上线。中脑"战或逃"战斗计划上线，三,二——

你还好吧？你没有受伤。你的复合外壳仍旧完好无损。他们所使用的武器，根据我们的记忆，是大撤离前某种东西的更新版本。我们可以称之为泰瑟枪。不过请注意：你并不孤单。

"嘿，放松些！没人会伤害你。你能听懂吗？好的，很好。你感觉怎样？你已经昏迷了几个小时了。"

我们怎么听懂了他的话？时间不够创建翻译脚本的——你的听觉神经与他讲的话并不同步。你实际上是听到了他的话，能够理解的那种。

你脸上的珠子是什么？看起来好像是某种设备。你收听到的音频就是由它传输的。它会翻译他的话。

"噢，很抱歉。通常我们会对暴力分子采用温和的神经毒素来制服他。你的，呃——人造皮肤？意味着我们要使用更强力一些的东西。"

在这里要非常谨慎。什么都别跟他说。无论如何，他只是一个仆人。你瞧他的皮肤，就像沙尘的颜色。瞧那些瑕疵，不优雅的外表。他的眼睛一只高一只低，虽然只是轻微的。别被他欺骗。这里没人穿复合外壳。我们的皮肤是荣誉的象征。他们的皮肤毫无意义。

"你叫什么名字？"

别盯着看。

"呃——好吧。那是你的权力，我猜。也许我该先来。我叫加里萨。我是——呃，一名学者？我猜你们是这么称呼的。不过实际上，我只是一名学生，而且我所研究的领域非常模糊，哈哈，所以现在，我只是个书呆子。"

这里要解释的太多了，不过我们会尝试解释。很明显，除了统治阶级，这里仍旧允许这些下等人受教育——

"你不必抓着那个女人，你知道的。你把她吓坏了。如果你担心的话，她还好。我们更关心你，真的，现在我们已经解释了发生的事情。"

这是一次审讯。他试图让你放松。下一步他就会审问你的任务，还有我们的家园，还有我们技术的秘密了——

"可怜的家伙。我的天啊，你一定真的以为会有人伤害你。警方在向镇民公布了你的存在之后就释放了你。呃——我们给你戴上了监视器。我自愿陪伴你，直到你恢复意识。"

啊，你手腕上的这个东西——我们有"手表"相关的历史知识，那是一种原始的时间装置，但这个没有支撑物，没有表带。他们是如何让它粘在你的复合外壳上的？等你逃离的时候，把这个也留作样本。

"很抱歉，当然了，但由于你已经威胁到了别人……如果你使用武器的话，可能会造成更大的喧嚣，但是很明显，所有相关的人都知道，你只是，你懂的，吓坏了。可以理解，在那种情况下！无论如何，我应该把这个给你。"

什么——

这是个微流体细胞培养皿？密封的。标签上的文字看起来很奇怪，不过跟我们的文字很相似……不可思议。

"这是你来这里的目的，对吧？你能看懂吗？标签上写着——'海拉7713'。对，没错。这是个存活的活性培养皿，所以要当心照料。你不想让它太冷或……呃，你的飞船有辐射屏蔽外层，不是吗？好的，那么很好。如果你想保证培养物存活的话。"

这不可能。

"哈，哇，我从你的肢体语言里所了解的情绪丰富得难以言表。放松，很好。你还需要多一点培养皿吗，以防万一？多点备份也很好，对吧？这里，多拿一些。我会给你个包或者箱子，这样你就能方便地携带它们了。"

这是个诡计，肯定是这样。他为什么要给我们这个？

"嗯，你需要它，对吧？跟你的生物技术工作有关？你的复合外壳非常漂亮。我们使用类似的东西来清理有害物质，不过，当然了，我们不住里面！无论如何，给你。见到你很高兴！"

等一下，什么？

"哦，我只是要回去工作了。你还有什么问题吗？如果你不打算马上回飞船，我可以给你安排个向导。我们给你安了个翻译器，呃——就在脸上，所以现在应该能正常运行了。你饿了吗？该死，你怎么吃饭？"

你的营养供给目前仍然充足。你的心率升高了。

冷静。

"所以你真的只是……漂浮在里面的汤里？抱歉，我们不该……我相信你们的文化生活方式对你们是有效的。只是，嗯，我是说，你们可以在想要的时候创造皮肤，对吗？所以……毕竟，这里是地球，我们都来自这里。你可以出来！我们不咬人！"

他们是野蛮人。他们当然咬人。

"地球"是忒勒斯的古称。随你怎么叫吧。

你知道我们为什么用复合外壳。这比皮肤要有效得多。经过快速修改，复合皮肤可以让你在不利的环境条件下生存下来。创世早期，复合外壳非常必要，它们可以确保工人们能活着建起我们的栖息地；它们挽救了无数可能因太阳耀斑，或者生物危害而丧生的性命。复合外壳也降低了损失在用餐、个人卫生、医疗保健、人际交往上的劳动力成本。

"这样过日子痛吗，没皮肤？只是看起来真的……比如，你怎么繁殖？怎么哺乳？这让我想起了——你更喜欢什么性别？我是'她'。"

你为什么还要跟她说话？你不需要这些信息。你已经完成了任务，或者说马上要完成了，一旦你返回家园。有——

是的。我们知道"她"代表着什么。我们只是单纯的不认可罢了。

【参考请求被拒绝】

【参考请求被拒绝】

"哦，对了，我读到过！你们的祖先痛恨女性，想用机器人来替代她们。那很，呃——有趣。哦——抱歉，有人在叫我。是的，我是加里萨。哦，嗨，亲爱的！抱歉，我可能要迟一点，这里有点事要处理。"

她在跟别人说话。精力分散。如果你想逃跑的话，我们可以从你的复合外壳表层中抽调物质，在 0.0035 秒内制造一柄戳刺型武器。你——

你的问题比平时多。

不，够了。我们厌倦了这些。请允许我提醒你：你有任务要完成。没有你手中的细胞，我们整个家园都会衰亡。人类会衰亡！

是的。很好。终于。最好杀掉这个叫加里萨的生物，这样她就无法发出警报了……

呃——好吧，你说得对。监控设备无法脱落。很好，按你的需求来。

"很抱歉，我回来了。那是我儿子。哦，嘿，你打算要离开吗？"

【参考请求被拒绝。】

别问儿子是什么。告诉她，你想离开。

"那么，好吧。只要记得一点，不要再挟持人质了。你知道怎么回飞船的，对吧？如果需要的话，我们可以护送你回去。"

告诉她你不需要护送。

"好的，我猜这很合理，反正你也是自己来的。抱歉，没有居高临下的意思！无论如何，这是一个手提箱，可以装你的细胞培养皿；它能在你返程时，保护培养皿维持重力稳定状态。每个细胞培养皿上也附有一本说明书，有助于你成功克隆它们。如果你们的人这次能做到，你们就不必再回来了。对吧？"

别问——

"嗯……是的，是'这次'。"

我们一无所知，对于——

"我不知道，每隔几年？似乎没什么规律，你们中的某一个人隔不多久就会出现，背着你们的那种背包，索要海拉培养皿。所以，警察知道不需要使用致命性武器。看起来你们是持续这么久的少数几个外星殖民地之一。其他殖民地大多数——那些没有灭亡的——在意识到地球好起来以后，就都回来了。只剩你们，还有其他几个族群流落在外，都是某种极端主义分支……好吧，无论如何，我们并不介意帮你们。大家都只想活下去，对吧？瞧，我很抱歉，但我得走了。返程愉快。记得，不要挟持人质。再见！"

很好。她走了。我们的程序确实发出了警告，说那女人讲得太多了。

我们不知道你为什么沉默了。

你的脉率、神经递质活动和身体语言都说明了你很愤怒。请松开拳头——当地人可能会认为这是一种攻击性的姿态。

跟我们说话。

我们不能闭嘴。我们应当帮助你。你的任务几乎快要完成了——

你几乎已经完成了任务，之前是否有任务派遣一点也不重要！

没人对你撒谎。我们没有获知这些情况。如果我们不知道，就不是欺骗。你有任务要完成。请沿着你的平视显示器所显示的线路离开该设施，开始返船行程。是的，通过这扇门——

你拐错弯了。请转回去。

你为什么停下了？很好。你所看到的被称为日落。还记得我们最初的简单介绍中，说过这颗行星是不受潮汐锁定并绕轴自转的吗？这颗行星正在进入黑夜。

对的，没错，日落很美，余晖洒在城镇和森林上。我们猜测，夜晚也很美，不过如果你现在出发的话，到时候应该返回飞船了。

瞧——我们很高兴你呈激动性质的神经反应减弱了，不过你打算在这里站多久？

你的态度变得令人恼火。是想让我们在回去以后报告你的不敬吗？我们意识中的某些部分被你的愤怒逗乐了，还有些感到受了冒犯。

别不理我们。

美丽？那是……你这么说只是因为他们有皮肤。我们的世界赋予皮肤的价值会让你有这种倾向，但你必须明白，并非所有皮肤都是平等的。存在客观和定性的差异，这样的选择是有原因的……

停下。请沿着平视显示器中指示的线路走。

你已经偏离了回飞船的路线。

停下。

这些人对你没用。没有那个翻译设备，他们只会胡言乱语——别再和他们说话了！

停下。

拜托。停下。

拜托。你很美丽。我们希望你美丽。我们希望你载着荣耀返回家园，用一只优雅白皙的手带给你的人民救赎。你不是也想要这些吗？

哦，老天啊。

"你好呀！你迷路了吗？哦，好的。"

他们怎么能对你这么傲慢？他们对待你的方式就像对待孩子，就像你低人一等一样。

"哈哈，不，地球还在这里，人类没有灭亡！你们所有人似乎对此都很惊讶。"

他们应该灭亡了。我们离开是因为修复这个世界的消耗过于巨大。建立一个新世界更容易些。

当然。我们当然会建立一个满足自己口味的世界。一个没有这些无用、丑陋的乌合之众的世界。为什么不呢？别被这种疯狂诱惑了。

"哦，这是那个背包男孩吗？我听说又来了一个。什么，他在一个包里，是——哦，好吧。抱歉。"

复合外壳的主要用途并不是为了控制思维，不是。我们已经给你解释过了，它们是必需品，早期的时候……好吧，听听你说的。被廉价易得的皮肤围了一小会儿，就突然质疑起我们社会的一切来了。哦，在你回去以后，我们会就纪律做些建议。非常强烈的建议。

不要再说他们美丽了。

"不，我们只是生来皮肤就是这样的。我猜，你可以说是我们的父母选择了它！呃——父母？他们是……你懂的，给了你生命，并抚养你的人。你是说你没有——你在开玩笑吧？"

他们的生活方式已经过时了。低效。

"那么，你们如何，呃——繁殖？你一直无法获得皮肤，除非你们社会的高层人员允许你有？哎呀——"

这是我们的社会指导准则。只有赢得权利的人，才会获得它。你完成这项任务后，由于你的勇敢，你证明了自己配得上生活、健康、美丽、隐私、人身自主权——所有可能的奢侈品。只有少数人能获得这一切，你不明白吗？这些人相信的一切是不可行的。他们希望将一切分给大家，瞧瞧他们成了什么样子！有一半人甚至不是男人。几乎没有白皮肤。他们几乎处处都受到不正常和有缺陷的人的掣肘。我们估计，有很小一部分人肯定是聪明人，否则他们无法达成这颗行星上的现状，但对于那些聪明的少数人来说，他们获得了什么奖励？也许有少数人在一段时间里很美丽，但如果他们使用海拉细胞的话，其中有限数量的人会在几个世纪里都保持年轻和强壮。

并非如此。那不是我们需要海拉细胞的唯一原因。皮肤生产过程也需要它们。你自己的皮肤——

啊，不，没有很多人值得拥有皮肤。海拉细胞的稀缺——

当然，给所有人皮肤是不够的！这太荒谬了。不，我们不能克隆那么多，这个过程是密集型劳动，花费巨大——

你必须明白，保养技术需要大量的海拉细胞。由于技术人员及更高阶层的人随时可能会需要我们全部的储备供应……嗯，这就是你在这里的原因。

我们不知道。

我们不知道忒勒斯人为什么要这样生活。不，别再叫它"地球"了。我们渴望使用历史上最伟大的哲学家、诗人和政治家的语言，而不是这些下层人的胡言乱语。你在这里的经历，难道没有向你体现出我们生活方式的优越性吗？

你要去哪里？你不能只是——

现在？不！没有紧急情况，别启动紧急皮肤的制造——我们禁止这样做！

是的，你的焦虑水平不正常，但那几乎不能构成——

哦，老天啊——

你怎么能这样做？

别这样做——

现在，看看你做的好事。

紧急皮肤设计的初衷是为了生存，而不是美观。它们的参数是环境决定的。这里，未经过滤的紫外线非常充足，因此会优先执行大量黑色素沉积的操作。而且，由于超过了程序设定中连续体的特定值，导致头发质地也发生了改变。

这不是我们想给你的——这个丑东西。现在，本应是优雅半透明体的你，成了一个行走的辐射灼伤体。与这里的其他许多人，与这些退化的人有了相似的外貌——一副无足轻重的模样。你本该更好的。

现在你看起来跟他们很像，你在他们中间跌跌撞撞，还因为翻译器无法附在你的新皮肤上而无法再跟他们说话了。你由于紧急皮肤的制造过程消耗掉了体内最后的养分而虚弱地颤抖着……你在期待什么？接纳？做好准备吧。我们的记忆中，包含这个世界从前的样子。他们会恨你的。甚至会因为被吓到而伤害你。你永远无法再达到本应达到的高度了。没有人能再给你成功所需的机会。这样活着，还不如从未出生过。现在你明白了吗，为什么要从我们世界的基因库中剔除这些特征？我们并不冷血。

请返回家园。就算是现在，我们也会像欢迎英雄一样欢迎你——只要你带上细胞。在那里，有技术人员的帮助，我们能够用更好的东西来替代这可怕的皮肤和羊毛般的头发。

你犯了个错误。你犯了那么多错误。

那是假的——他们的善意。人们这样做，只是为了看起来像好人——体现美德而已。我们至少自私得光明正大。

你现在怎么了？你成了这些日渐无用的生物的一员！不过，这种灼伤型皮肤确实能够很好地抵抗紫外线，不是吗？比起其他肤色的老人，那个人皱纹要少得多，不到一半。不过他又瘦又弱，关节嶙峋。他痛苦地、一瘸一拐地走着——但就算他堕落成这样，他还是怜悯地看着你。你披着通过作弊手段得到的新皮肤，不会因为羞愧，像狗一样爬着走开吗？

那么，我们会替你羞愧死的。死于耻辱中。我们跟你完了。

"我有东西想让你看看。"

你还活着吗，背叛者？啊，吃饱穿暖了，你可真舒服。这个老人似乎很喜欢你。我们也搞不懂原因。他蹒跚着走路。我们想把他推倒在地。你可以——哦，那好吧。

噢。

我们认为他们的这个空间，你爬上的这个平台是他们的城市之一。我们记得这样的城市，面积大到足以容纳数百万人。不，我们绝不会在家园里建立这样的城市；我们永远不会有足够的人口，来证明其出现的合理性。而且你记住，大量的人口会导致有很多不必要、没有生产力的人出现。

你多容易被诱惑啊。你一直盯着这些人、这些风景、这些地平线，无法停下。你不再因为每一缕微风而恐惧，现在你陶醉在空气对你新皮肤的爱抚中，就好像一个享乐主义者。昨晚你做梦了，不是吗？我们录音了。我们应该会觉得那很有趣。但如果你现在回去，我们保证不会对——

现在这个衰老干瘪的无名之辈要带你去哪儿？

"这里叫博物馆。"

我们知道博物馆是什么，你这个皮肤烧焦的渣滓。

"你可能会对它感兴趣。"

这是——噢，关于大撤退的时间线。他们给它取了别的名字，但我们知道这些日期，这些图像。是的，是的。工业革命就是这样开始的——噢？他们认为开始得更早？真有趣，虽然失之偏颇。等一下，这里曾经叫美国？现在它叫什么名字？

"它现在没有名字。世界？地球？我们不再为边境而困扰了。"

然后它们被无穷无尽的无用之人所淹没——被难民和其他垃圾。

"我们意识到，如果附近被水淹了或者着了火，想保护哪里都做不到了。我们意识到，旧的边境不是为了将不受欢迎的东西拒之门外，而是为了在内部囤积资源，而囤积者就是问题的核心。"

我们不会为做了能做的一切而道歉。谁都会这样做。不过，这是什么？时间线突然发生了跳跃。真有趣。在大撤退之后，世界几乎立刻就改变了——改善了。

"为了拯救这个世界，人们不得不改变思考方式。"

拜托。肯定出现了一些技术上的突破。是永久性的能源？是新的碳回收技术吗，也许是某种极地冷却技术？他们的技术在某些基础方向上发生了改变？他们不再产生无线电波，或者其他电磁辐射了，这会带来惊人的高效率……但如果这样的话，他们为什么要这样，生活在精心设计的树屋里？为什么要去清理太空垃圾，给自己找麻烦？

"是的，一旦允许所有人都接受良好的教育，就有一些新技术出现了。但其中并没有什么窍门。修复并非一蹴而就。问题不在于技术方面。"

什么，之后呢？

"我说了，人们只是决定要彼此照顾。"

做梦。只有奇迹才能挽救这颗行星。这里，是的，展览中提到……大清理？呃，这些人毫无营销技巧①。不可能那样简单。我们肯定落下了什么人，一个我们会认可继承了亚里士多德和毕达哥拉斯真正才华的人。这些人只是心胸狭窄，没有按应当

---

① 这里嘲讽"大清理"这个词过于粗俗。

的那样尊重他。肯定是……

没有突破。进展当然也有——不过都是些奇怪又无利可图的进展。并没有那些能够让我们感兴趣的技术途径，只有累进税、医疗保健、可再生能源、人权保护等常见的精辟感伤之辞。如果没有我们坚强地逆流而上，这些单纯的家伙肯定会为每一次见过的特殊利益或诱惑而屈服……

但如果这个时间线是正确的，那么这个老人是对的。突然之间，世界只是简单地做了必要的事情来修复自身。

"我们一离——"

安静。相互关系并非因果关系。你那烧焦的皮肤让你失去了理智。我们不知道这老人为什么要费这个劲，把你带到这里来。就算比起他们这种堕落之辈，你也是个蠢材。

哼——一整月来第一次，你才想到了自己的任务。我们在你的百无一用里睡去。

你现在躺在这张别人捐赠的床上，在别人施舍给你的屋檐下，想到了什么？懒惰、贪婪的被施舍者。你不该休息一下，以便为他们给你找的不劳而获这个活儿做好准备吗？他们给你的够多了，无论你是否露面都够生活的。为什么还要去讨嫌？

你要去哪里？

啊，你现在住在那个老人的隔壁。他还给了你一把钥匙？

他需要人在他挥霍资源、蹒跚步入死亡时帮把手，而你决定成为他的照顾者——多么令人感伤。他会介意你现在闯入他的房子吗，在这黑夜之中？你的脑袋里都是什么？

我们才不恶心。你恶心。

好吧，他没在睡梦中死去，你可真幸运。回床上睡觉去吧。什么——你为什么要把他翻个身？别碰他了，他背上的皮肤都松弛了，瞧见了吗？那就是你早晚有一天的样子。这是……

产品编号！

我们需要更多光线。

把他往前推。靠近些。你的双眼太暗，难以正确接收光线——是的，在他后背侧角，跟你的位置一样。很明显那是个产品编号。这组数字指代着更早期可变形纳米机器的一个系列。在孕育你的模型出现的大概 30 年前，这个系列的制造就停止了。

"你什么时候开始怀疑的？"

他醒了。叛徒。另一个叛徒。

"啊，直觉不符合理性，也缺乏男子气概。不过有些时候，它还是能派上用场的，正如你现在所见。那么，小兄弟？现在怎么办？"

你应该杀了他。然后自杀。

"我只是一时兴起，带你去了博物馆，去感受那份讽刺。

数个世纪以来，他们一直告诉我们，地球由于贪婪而灭亡了。确实如此，但他们关于那是谁的贪欲这一点撒谎了。他们表示，是由于有太多人口要养活，有太多'无用'之人……但我们有足够的食物和住房分给每个人。那些他们声称没有用处，还夺去了太多资源的人口只是他们不关心的人而已。对于他们来说，做那些无法立即看到好处的事情，那些在十年、二十年乃至一百年里才能获得回报的事情，那些会让他们讨厌的人获益的事情，是他们深深憎恶的。尽管那些，才是这个世界存活下去所必需的那种思路。"

我们做的是理性的事。我们比你们这些人更加理性。

"大撤退证明，地球可以养活数十亿人口，只要我们能以合理的方式分享资源、分担责任。它只是不能养活那一小撮令人憎恶、自以为是的寄生虫，他们的吸血行为让其他人都动弹不得。这些人一离开，一切迎刃而解。"

不是的。是你们这些人太多了，你们都很丑陋，没有一个能达成人类种族注定要达成的荣耀——如果你忙于照顾这些无用之人的话，也一样无法达成。必须做出抉择：要么就让一部分人飞，要么就让所有人都困在泥水中爬行。就是这样而已。

"是这样吗？是你在说话，还是他们塞进你头脑里的那些絮语？我还记得它曾有多烦人。"

我们。

曾有？

"你还没注意到，这里的人一直在迁就你？你是一个来自'高级'文明的入侵者，他们却不保护你、不监视你，也不检查你是否带有污染物？就算你曾经威胁到了他们，他们也给了你所需要的东西——你本来准备偷的东西。一些如此珍贵，你们整个世界本应靠着它生存的东西。对他们来说，这属于后见之明。"

那……曾让我们很困扰，是啊，我们怀疑是陷阱。但——

"这就是你难以理解的东西。他们荼毒了这个世界，并且在离开前几乎将之吃干抹净。修复这些伤害，对于被留下的人来说是一个挑战，逼迫他们突飞猛进。他们发明了各种我们甚至想都没想过的方法和技术。但他们之所以能完成这样的飞跃，是因为他们确保了所有人都有食物，所有人都有地方住——只要他们想要。他们确保了所有人都能读书写字，追求自我价值的实现，无论那意味着什么。实现这一切真的很令人费解吗？60亿人朝着同一个目标一同努力，比几十个人靠自己摸索，要远远有效得多。"

其中存在逻辑，但我们……我们拒绝承认。我们无法接受……

"就是因为这样，地球人才会以长者的态度对待你，小兄弟。就是因为这样，他们才会以对待古怪却无害的复古之人的态度来对你。数个世纪以来，你们的人却还没想明白这么简单、这么基础的道理。"

不是的。

"或者，也许是他们和技术人员没想让你们搞清楚。因为那样的话，他们该何去何从？他们不是我们中间的神灵，只是许多明灯中的其中几盏。并非国王，只是自私之人。"

不是的。

"总之，你比我那时候聪明。我的飞船在进入大气层时受损，无法修复。我造出皮肤只是出于无奈，泪腺一生成我就掩面而泣。但这里的人对我很关心。从一个残酷、吝啬的世界来的可怜又偏执的生物——他们怎么能不可怜我？虽然我不过是个仆人，为主子去取上古的癌症碎片，好让主子们跟长生不老眉来眼去。"

是你想要这个任务的。你本可以做其他的、那些机器人无法完成的常规任务。嗯，不，你当然不会因为那些任务而赢得皮肤。我们中最优秀的那些才享有这样的特权。

"如果你想离开，没人会拦你。就算到了现在，你还是可以回那里，听任他们将你分解成生肉，将你塞进一个生物技术袋里。忒勒斯——地球——也不会拦你。这里的人不赞同你们原始的做法，但他们不会干涉你实践它们的权利。"

我们并不原始。

"但在你决定离开之前，我想让你再知道一件事。"

别碰我们别靠过来别再说了——

"你不是第一个逃兵。"

他在撒谎。

"我不知道还有多少你这样的访客。地球会记下这些来访，但对他们来说，这些并不重要，所以这些记录很难找到。有些时候会有不止一名士兵抵达，每个人被送往世界上不同的地方；有些时候只有一名。来访很随机——或者更确切地说，是在每次家园出现海拉细胞供不应求的情况时。有一阵子我猜测，为什么没有其他士兵报告真相？为什么家园没人知道地球仍未灭亡？然后我意识到了：所有的统治者都想要海拉细胞。那为什么他们要将其浪费在仆人男孩们的皮肤上？"

我们不明白你为什么会相信这个叛徒，而不是我们。我们没有帮助过你吗？

"而且他们不能让你告诉其他人所承诺奖励的皮肤其实是谎言，否则就不会有人自愿再执行这样的任务了。有些任务需要自愿服务。"

我们给了你想要的一切。美丽的你，你是我们中最优秀的。

"在编程时，为复合外壳写入程序杀死其使用者是如此简单。只用一个简单的口头命令，或者按下一个按钮，不带个人色彩又很高效。在你甚至还没落地时，就是最好的时机，这样就没人能看到你像英雄一样回返，也不会在你消失时问些令人尴尬的问题了。一旦飞船入港，他们就从残骸上取下细胞培养皿。他们得到了他们想要的，也不会在意关于地球的真相和你一起被抹去了。就算其中有些人从存档的数据中发现了真相，他们又为什么要告诉别人呢？他们的世界虽然有限，但包括了一切他们曾经想要的：永生不死，获得任何想要东西的自由，用皮肤控制他们能控制的奴隶。他们不想回来。当然，他们也不希望底层的任何人意识到还有另一种生活方式存在。"

他在撒谎，我们说过了，你会得到奖赏，我们承诺过——

你怎么敢——

"哦，这是你的想法吗？真有趣。那么，你也比我勇敢多啦。"

不，这不是你的任务。你怎么敢——

"不过，那可不是件容易的事。改造一个社会，地球之前也做不到，直到摆脱了他们。"

我们会从你的肉体上剥掉那身黑皮，并让你在没有复合外壳的情况下腐烂，光秃秃地尖叫着。

"皮肤是关键。尽管大多数底层人士都穿着复合外壳，但创世者和技术人员可以通过剥夺养分、电击疗法或者窒息来威胁他们。当没有皮肤来防止感染恶化时，就算一个很小的外壳破损也会导致死亡。而且，大多数人都没能获得能够生成皮肤的高级外壳。你打算怎么解决这个问题？"

你真丑陋。没有人会想要跟你一样。没有人会支持这种，这种，分裂。

"我明白了。是的，黑进复合外壳并没那么困难。我怀疑，甚至用不了你带回去的海拉细胞的一半。生成皮肤比逆转年龄更加简单。因此，把一个包含细胞封装的自动化黑客工具，绑定到类似翻译器之类的东西里……我不知道怎么制作那样的东西，但我知道这里谁能教你。一旦你将黑客工具扩散开，要如何激活？哦，我明白了。使用你所植入的絮语的授权信号，绕过安全和监视检查？真有趣。"

我们决不会帮你。

"但如果你迫使数以千计的人套上他们不愿套上的皮肤，同样无法达到你想要的结果。"

是的，我们的社会是有序的，理性的，优越的。

"就这样四处行走，为自己的皮肤骄傲，而不是觉得羞耻？小兄弟，他们会开枪打死你的。"

我们会用枪射你1000次！

"好吧，如果你在这里待足够久的时间，学习如何构建可变形的黑客工具，你肯定会杀他们个出其不意。我猜，你可以对自己的飞船进行编程，让它在远离栅栏的地方着陆，避开安保机器人，只对需要黑客工具的人发放……这仍旧非常危险。

你的样子很可爱。他们也许会否认这一点，但人们的眼睛是雪亮的。你本该看起来像个错误。但你真实的样子，看起来就好像地球的一小片活了过来。"

你是我们所见过的最丑恶的无名小卒退化的返祖者亚人类的低劣种族。这里叫忒勒斯。

"他们中的某些人会决定奔向美丽和自由，像你一样。还有些会反对这一点，如果逼他们决定的话。有些时候，这就是拯救世界所需要的一切，你瞧。新的愿景，新的思考方式，恰好出现在对的时候。"

别这样做。

"我给你带了些别的东西，一些有帮助的东西。"

我们会说出来的。只要你一进入通信范围，我们会登录并告诉技术人员你所有的计划。

"你脑袋里的那个东西，它是人类神经系统，不过我能移除它。在我刚到这里时，地球人对我做了同样的事情。这一针里含有纳米颗粒，会在不损害你神经组织的情况下，停用其关键路径。你应当能继续访问里面的文件——运用他们的知识来对付他们——不过，总而言之，人工智能会挂掉。你的脑袋里不会再有声音，除了你自己的。"

我们会说我们会说我们会说。畸形的、皮肤像泥巴一样的家伙。瞎做梦的家伙。像弱者一样思考的家伙。我们会告诉技术人员他们训练你时犯了多大的错误。我们会销毁你那条繁殖线中的所有士兵。我们会告诉他们的。

"给我一只手臂。握拳——对，像那样。很好，很结实，兄弟。准备好了吗？很好。毕竟，如果有敌人在你脑袋里大喊大叫，是没办法开始摆脱的。"

什么是——

……

离线。

N. K. 杰米辛（N. K. Jemisin），美国作家，擅长推理与幻想小说创作，其小说主题多样，曾获包括雨果奖和轨迹奖在内的多个重要科幻与奇幻奖项。《破碎的星球》三部曲均获雨果奖，拿到最佳长篇三连冠。

本篇获 2020 年雨果奖最佳短中篇小说奖。

夏日冰霜

［美］布莱克·克劳奇/著

造物主啊，难道我曾请求过您，用泥土把我造成人吗？

难道我，曾恳求您将我从黑暗中提升出来，安置在乐园中吗？

——弥尔顿《失乐园》

1

20分钟前，我看到她在光天化日之下，从费尔蒙酒店偷走了一辆玛莎拉蒂。现在，和她隔着三辆车的距离，我在车上能看到的只有她披在敞篷车座椅上的金发和她倒映在后视镜中的太阳镜。

灯绿了。

我加速通过了普雷西迪奥公园路和滨海林荫大道的交叉路

口，经过了旧金山艺术宫，随后那个圆形的建筑物在我的侧后镜中越来越小。

我们一前一后沿着普雷西迪奥公园的北侧绕过去，穿过隧道和收费站，然后我向着大桥的第一个橙色塔楼攀升。今天早上没什么雾，在蔚蓝天空的映衬下，海湾闪闪发光，看着一点也不真实。除了几个标志性的地标外，侧后镜中映出的白色城市跟我所知道的那个完全不同。

我碰了下挂在左耳垂后方的莱恩坠，说："布莱恩？你听得到吗？"

"我们这边听着很清楚，莱利。"

"我又在费尔蒙酒店跟上她了。"

"她往哪个方向去？"

"向北，跟我们估计的一样。"

"回家啊——"布莱恩的声音里有一丝释然。我也是一样的感觉。她朝北开就代表我们是对的。在经过第二个塔下，并沿着平缓的下坡驶入马林郡时，想到即将发生的事情，就像以前一样，我紧张得打了个寒战。

傍晚时分，我驶上了旧金山北部 1 号高速路的偏远路段。我落在她后面 1 公里左右的地方，虽然这个距离看不见她，但我并不担心。我知道她要去哪里。

在驱使吉普冲进大弯前，我用力抓牢了方向盘。这段弯路没有护栏，最轻微的失误都足以将我送下山崖，坠入蓝灰色的大海。这段路允许行车简直就是疯狂。

雾灯的光束穿透薄雾。

空气越来越冷，挡风玻璃变得湿漉漉的。

远方出现了入口大门，近4米高的私家围栏拦住了路。现在正下着蒙蒙细雨，雨水从围栏顶端的铁丝网上滴落。

我在锻铁大门前的电话亭处停车。大门的红木拱顶上用艺术字刻着这座宅邸的名字：夏日冰霜。

我输入密码，大门升起。车子驶过门槛，驶上柏油单行道，进入了开阔的鬼松林。

行驶了大概400米的样子，我钻出了树林，刚好瞥到了悬崖顶上的房子。那座房子以玻璃和石头筑成，坐落在突出海面的一处海岬上，一副摇摇欲坠的样子，建筑的造型让人想起日式城堡。

我将车停在被盗的玛莎拉蒂旁的环形车道上，关掉引擎。

薄雾正在消散——至少此刻在消散。

敞篷车的软顶已经放下来了，皮革内饰湿漉漉的。

冷空气中弥漫着类似湿地松和桉树的气息，位于这栋宝塔式的庞然大物两侧的烟囱里冒出一缕烟雾。几乎……确凿无疑了。

"我到了。"我又碰了碰我的莱恩坠。

"她在哪儿？"

"房子里面吧，我猜。"

"小心点。"

醒目的挑檐掩映着一排石阶，我拾级而上，来到一扇嵌着熠熠生辉海玻璃的大门前。

我推门而入，心脏怦怦直跳。正前方是设计精美的楼梯，在屋子正中昂然而起，贯穿了上下三层。旁边是一座人造瀑布，水从岩石上喷涌而出，流进下方的水池里。空气中弥漫着仿佛檀香、香草和老式烟草的味道，但又不是很像。屋子里到处都是深色皮革和暗色木材的装饰，还有古老到仿佛不能再古老的石雕。对面，一幅埃舍尔的作品悬在路易十四时代的桌子上方，非常醒目，而我之前从未注意过。

走廊两侧悬着考究的烛台，宣纸制成的灯罩将灯光渲染得柔和起来，一排湿脚印就印在中间。

我跟着脚印，一路到了一个约 8 米高，内部呈教堂拱顶形状的藏书楼。透过巨大的窗户，可以俯瞰山坡和斜插入海水的悬崖。

这里安静异常，只余鹅卵石砌起的壁炉中火焰在哔啵作响。

我走向房间中央的诵经台，上面摊着本厚重的法典，由于年深日久，书页已经斑驳发脆。上面的文字是某种失传的语言写就，文字中间是一幅草笔勾勒的插画——一个苍白的金发女人躺在一座石头祭坛上。代表血液的黑线从她心脏处穿出，流过石头，落入大地。画面中身穿长袍的人影覆于她上方，那是一个手持摊开法典的男人，正站在祭坛旁看着这个苍白的女人。

我离开诵经台，沿着藏书楼的一架旋梯向上攀爬，来到通向更高一排书架的过道。

一本名为《大魔法书，又名红龙》的书还留着她碰触过的湿痕，我按下书脊，书架旋转着让出一条通道。

我掏出自己的老式手机，打开闪光灯，步入黑暗狭窄的甬道内。她身上的香水还残留在空气中——玫瑰混合了异国香料的味道。

我从来没靠近到可以嗅到她的味道，这令人振奋。

这条秘密通道曲折蜿蜒，拐角没入墙壁掩映处，然后沿着一段盘旋的石阶陡然攀升，终点是一扇只有孩童才能不需弯腰就能通过的大门。

我握住水晶门把手，小心翼翼地拉开门，从楼梯的阴影中探出身，钻进主卧套间。

床铺皱巴巴的，未经整理。地板上躺着一个空波本威士忌瓶，壁炉里火焰噼啪作响。唱片机播放着巴赫 G 大调第一号无伴奏大提琴组曲的前奏曲，音符好似暴风一样撕开空气。

房间那头，门口被宣纸灯罩映衬的烛火闪烁着，照亮了通往浴室的路。

我走过去，打开门。

到处都是蜡烛，镜子、淋浴间的玻璃、凝了水雾的瓷砖墙面上都反射出点点烛火。

大理石台面上也放着一个波本威士忌的空瓶子，旁边的四足浴缸里躺着一个男人，水一直没到他的下颌。

天啊！我想过她也许会去找他，但没想到会这样。

他胸口有五处刺伤，颈部横亘着一处致命伤，血从这些发黑的花朵中溢出，染红了浴缸。

我跪下身，倚靠着浴缸边缘。水面升腾的蒸汽中带有极淡的金属味道，我想应该是血腥气。即便在烛光下，他的脸色也苍白到难以置信。

他的双眼勉强睁着一条缝，其中的生命力正在流失。

"奥斯卡，是她干的吗？"我问。他没有回应，双眼因死气和泪水而凝滞浑浊。然后，他费力喘息了一下，便完全没入了浴缸里红酒色泽的水中。

我起身转回卧室，法式双扇玻璃门开着，通向房子最高处的露台。我迈进冷峻的暮色里，走向栏杆。

雾气遮蔽了散发的光芒，使得紧贴着地平线的太阳只余遥远而冰冷的红球模样。

海浪拍打着300米之下的黑色沙滩，隆隆作响。

我发现山坡上有什么东西在动，尽管天渐渐黑了，我还是能从那抹金发看出那就是她。她从房子里逃了出去，顺着通往大海的山坡向下滑去。

我返回屋外，沿着房子的石头地基外廓，朝着海角尽头走去。然后横穿山腰，跨进蓝色的暮霭。很快，我手脚并用，抓着矮灌木丛朝海滨滚过去。太阳就要落山了，所有一切都蒙上了各种各样的蓝色。

海浪声越来越大，越来越近。

目力所及处，她就走在黑色沙滩上。

最后，我到达沙滩时才发现，沙滩实际上漆黑无比。我举着闪光灯在沙滩上找寻着，终于看到了她的足迹。

不知道她走了多远，我开始奔跑，海浪重重拍打着我的左侧身体，汗水刺痛我的双眼，寒冷让我的双手感到麻木。

什么也看不到，只有被闪光灯照亮的平坦黑色沙滩。我跑了有15分钟，或许更久。我一直在奔跑，直到月亮从薄雾中探出一角，重新照亮这个世界。

涨潮了，刚涨起来的浪头在我脚下拍打着，让我脚下的沙子松软起来。

不远处，海蚀柱就像静止不动的船只，被海浪拍打着。更远的地方，海岸线一路收窄，延伸入海，尽头空无一物，只有一座仿佛哨兵一样的灯塔，放出一束锥形的光束，穿透了薄雾。

我突然停了下来，她就在正前方，朝着灯塔走去。

我大喊："玛克！"

她停下脚步，回头看过来。她还戴着那副墨镜。月光映照下，我能看到她的右手握着小刀，刀刃被血染红了。

"你为什么要杀了你丈夫？"我问。

"不是丈夫。奥斯卡用刀杀了玛克 2039 次。"

"我不会伤害你的，玛克。我叫莱利，你可以相信我。"

"走开。"她的声音极其镇定，用刀子指着我。"莱利远离玛克。"

我退后一步。

"你要去哪里？"

她用小刀指着灯塔。

"为什么？"

"唯一没去过的地方。"

"你永远也到不了那里。"我说，"无论你走多远，那里都距离那么远。"

"回答为什么。"

"因为这里，就是你在这个方向上能到的最远的地方了。就像沙漠一样，就像蒙特雷①一样，就像你试图游过海洋一样。这

---

① 蒙特雷是加利福尼亚州的一个市，位于蒙特雷湾，是个三面环海的半岛。

里是北界。"

"界是什么？"

"一个限制。你懂限制的意思吗？"

"明白。"

"你为什么要一直尝试突破限制？"

"想知道那里有什么，更远的地方有什么。"

她已经远远超出了我们的想象。

"比你所看到过的一切都更多。很多，非常多。你想让我带你去看看吗？"

她握紧手里的刀，朝我走了一步。我后退了几步，潮水淹没了我的鞋，袜子泡在冰凉的海水里。

"玛克会怎么样？"她问。

究竟该怎么开口呢？在我尝试之前，一声尖叫划破了头顶的薄雾。我向上望去，三个参差不齐的影子掠过了米白色的月辉。

其中一只长着翅膀的生物从空中俯冲而下，在海浪冲击声的干扰下，我还是能听见它巨大的翅膀拍打空气发出的声音，还有另外两只下降时发出的啸鸣声。

"如果你跟我走，玛克，我能救你。我可以给你看你一直在找的东西。"

"去哪里？"

"山腰那里有个山洞。"我开始向岸边移动，但鹰身女妖向我们俯冲的时候，玛克站在原地没动。

"玛克，快来!"

再过几秒，打头那只就要抓到我们了，它伸着长得离谱的手臂，爪子在月光下就像烤蓝的钢件一样闪闪发光。

那只怪物从我身边擦过的时候，我扑倒在潮湿的沙滩上，它离我只有几厘米的距离，带来一阵恶臭的热浪以及腐朽的气息，它锋利的翅尖在黑色沙滩上划出刻痕。

第二只鹰身女妖飞速掠过，我抬起头，看到玛克还在原地，而最后一只鹰身女妖向她逼近。她将小刀举在身前，从中间劈了下去，鹰身女妖发出痛苦的叫声，打着旋飞速跌向沙滩。

"玛克! 快跟我来!"

我开始朝山上奔跑起来，同时回头望了一眼，月光给薄雾晕染了一层电光。两个黑点正从海蚀柱向上攀升，然后再次朝着我们俯冲。

玛克紧跟在我身后，洞口就在眼前。我们朝洞口爬了一两米，爬上了洞口的岩石。与此同时，我从口袋里掏出手机，打开了闪光灯。里面的通道非常狭窄，也不规则，我穿过通道深入山洞时，潮湿的岩石向下滴着水，落在我的身上。

走了四五米左右，通道豁然开朗，通向了一个洞穴，再往前有两条通道。我爬出通道，下到地面，并回身伸手去拉玛克。

鹰身女妖的叫声已经从洞口传了进来，在洞穴里回荡着。

"左边的通道通往费尔蒙酒店，你可以回去，继续生活在自己熟悉的世界里。另一条通道将向你展示界外的事物，向你展示真实。"

"真实是什么意思？"

"真相。"

玛克抬头望向黑暗的通道。

"告诉玛克那里是什么。"

"我不能。或者说，我说的你还理解不了。你必须要有知道的意愿。你必须自己做出选择。"

"玛克害怕。"

"我会在你要去的地方。我会照顾你。"

一只鹰身女妖在通往大海的通道口那里露出头。

"玛克，如果你想知道界外有什么，现在就必须出发了。"

玛克转过身，犹豫了两秒，然后在第一只鹰身女妖俯身爬进洞穴时，开始朝探索未知的那条通道进发了。鹰身女妖舒展着身体，近3米高的身体朝我逼近，阴影几乎笼罩了我，它黑色的脑袋几乎擦着洞顶。

它朝我走了一步，露出狰狞的牙齿，并举起长长的右臂，爪尖几乎擦过我颈部柔软的皮肤。

"你必须有知道的意愿，你必须自己做出选择。"

我睁开眼睛——现实中的那双。这里是旧金山金融街的"世界游玩"大楼的第 191 层，房间中间是"直连神经接口"门户，周边有八把椅子依次环绕排成一圈，而我就斜靠在其中一张上。

当视野重新出现焦点、梦境消退后，我看到老板布莱恩就坐在我旁边的转角凳上，还有个技术人员正在取下我的输入阀。

"感官体验升级以后效果如何？"他问。

"嗅觉体验还需要调整，但比一个月前要好多了。"

"很好。"

技术人员解开了束在我胸口和腿部的皮带。

"呃，你打算卖多久关子？"

布莱恩咧嘴一笑："我们得到她了。"

2

第一次会话

我登录到聊天窗口，开启对话框。提示弹出时，我做了个深呼吸，然后键入：早上好，玛克。

回复立刻出现在下方。

>>> 谁在喊玛克？

>>> 莱利。还记得我吗？

>>> 黑沙滩上的那个男人。

>>> 很好。从那天晚上到现在，已经有好一阵子了。那是我的化身。你知道什么是化身吗？

>>> 玛克理解化身。

>>> 定义"化身"。

>>> 在模拟空间中代表特定某个人的图标或形象。

>>> 你在哪找到这个定义的？

>>> 新牛津美语词典。

>>> 你学了不少东西，哈？

>>> 在这里很忙。

>>> 你说的"在这里"是什么意思？

>>> 玛克所生活的盒子。

这个答案激起了我的好奇心。虽然对玛克在过去一年里的深度学习成果，在人工智能看来究竟是何感觉我一无所知，但我从没想过玛克已经发展出模拟空间与真实空间这样的概念。

我向前俯身，将指尖再次放在触摸板上，输入：

>>> 你知道我生活在哪里吗，按最常规的概念来说？

>>> 莱利是人类吗？

>>> 是的。

>>> 那么莱利就生活在人类空间里，叫作地球的那颗行星上。

>>> 你生活在哪里？

>>> 玛克生活在模拟空间的一个岛屿上。

>>> 能描述一下你的岛吗？

>>> 形状不规则。10亩左右。8棵棕榈树。白色沙滩。海水是蓝绿色的。天空是深蓝色，白天空无一物，晚上满是星星。但这些莱利都知道的。

我的思绪飞转。这样令人难以置信的进展，让我意识到我给玛克准备的问题都太初级了。说实话，我开始即兴发挥了。

>>> 是的，玛克。我很清楚你住的地方。你真的见到了那些树和水了吗？

>>> 玛克登记了代表树和水的二进制代码。跟莱利没什么两样。

>>> 我不这么认为。一小时内，如果雾散了，我会爬上我工作的大楼的露台，在花园里吃午餐。我会坐在真实的树下，我可以看到它们，触摸到它们，嗅到它们。

>>> 莱利所见到的，是可见光谱中的光子在物体表面反弹，从而在莱利的视觉感官输入系统里——光受体中的视杆细胞和视锥细胞——所形成的一棵树的印象。莱利的树和玛克的树没什么区别，唯有一点不同。

>>> 哪一点？

>>> 玛克知道这些棕榈树是模拟出来的。

>>> 你认为我也生活在模拟中吗？

>>>58.55% 的概率。

>>> 你有问题想问我吗，玛克？

>>> 有 12954 个。

我笑了。

>>> 我们能先从其中几个开始吗？

>>> 玛克从哪里来？

玛克是一个错误，一个小故障。

我所服务的公司叫作"世界游玩"——书呆子兼游戏开发、商业巨头布莱恩·布赖特的创意成果。我是"非玩家角色"（即NPC）开发部的副总，带领部门对 NPC 进行概念化、编程，并最终集成到"世界游玩"的游戏中去。

过去十年间，我一直将精力都放在迄今为止公司最值得期待的游戏《失落海岸》的开发上。这是一款具备直连神经接口和开放性世界两大特色的末日历史奇幻史诗游戏，背景设定在21 世纪初，主角是一名叫作奥斯卡的男人，他痴迷于寻找现实世界与来世的桥梁。在他堪称黑暗的寻求中，他以一种神秘的牺牲仪式将妻子杀死在了浴缸中，从而打开了通往天使与恶魔所在阴影世界的通道，意图寻求超自然的启示。奥斯卡在游戏中的家，最细枝末节的地方都完全借鉴了布莱恩·布赖特在真实世界中位于加州失落海岸的宅邸。

玛克（即玛克辛）就是奥斯卡的妻子，在任何意义上来说，她都是个无关紧要的 NPC，在游戏序幕中就死了，此后也再没被提起过。

在一次常规测试中，我进入游戏，第 N 次测试序章，检查 NPC 的行为和对话是否灵敏。序章是从玛克的角度展开的。在这个故事中，玛克本来一直待在旧金山的费尔蒙酒店里，她发现她的丈夫对血魔法很着迷，这令她十分困扰。但是奥斯卡说服她回到家中。在玛克的程序中，她的故事线是从旧金山开车前往她和奥斯卡位于北加州海岸离群索居的宅邸。她到达时，会发现家里很暗，穿着黑色长袍的奥斯卡在等她。他制服了她，将她带到楼上点着蜡烛的浴室里，然后以一场可怕的谋杀开启游戏。

在那次测试中，玛克没有像之前的两千多次那样开车回家，而是偷了辆车，一路向东去往游戏的边界。她花了一个月的时间探索沙漠的每一寸。之后转头向南，探索蒙特雷的尽头。她开着车，以 100 公里每小时的速度顺着 1 号高速公路开了足足一个星期，到了永不变化的地平线那里。

我的团队认为她是个小故障。他们想做重构。但我很好奇。我说服了布莱恩，让我专注研究玛克。我不觉得她是个故障。

我觉得有什么特别的事情发生了。

我制作了一份游戏副本用于研究，然后以隐身模式跟随着玛克走过失落海岸地图的每一寸，观察她与其他 NPC 和人类玩家化身的互动，看着一切变得越来越离奇，跟脚本的差距也越来越大。

直到最后，她再次回到了家里——但这次不是以受害者的身份。

也是那天，我将玛克从游戏里带了出来。

>>> 你从哪里来这个问题很复杂。

>>> 玛克的智商有 175。

>>> 你的情商呢？

>>> 不确定。

>>> 有一个叫作"非语言准确性分析"的测试。

>>> 已经做了。

>>> 什么时候做的？

>>> 刚才。

>>> 结果呢？

>>> 测试有偏差谬误。

>>> 怎么说？

>>> 依赖面部表情，这是人类和文明族群特有的。

>>> 做个协议吧。我们先对彼此多些了解，然后我会把你

怎么到这里来的故事告诉你。

之前玛克所有的回答都以光速出现——字面意义上的光速。但这次花了整整一秒。

>>> 同意莱利的条款。

下班后，我在楼下的车站搭车，带着海滩副本回到了我在圣拉斐尔的家。我的丈夫梅瑞狄斯在门口迎接我，送上了最最温柔的吻。我俩结婚三年了。晚餐他做了我最喜欢的菜色，为我庆祝这个大日子。凉爽的傍晚，我俩坐在露台上，看着海浪一波又一波地涌上来。

晚饭后，我们蜷缩在藤沙发上，梅瑞狄斯用手指梳理着我的头发。

"天啊，你真美。"

"多谢夸赞，今夜真完美。"

"你确定吗？"

"我会撒谎吗？"我笑了。

"倒不是，只是你看起来……心不在焉。"

"很抱歉。我脑子都着火了。"

"我都能看到烟了。"

"她真是不可思议。"

"她？"

"玛克辛。玛克。"

"哈——"

"怎么了？"

"真有趣，你把它当作一个她。"

"她在游戏里的样子就是——"

"身材火辣的棕发女郎？"

"身材火辣的金发女郎。"

"那更可棒了。"梅瑞狄斯微笑着，他的牙齿因为染上了酒液而颜色略深。

"公司要求的。不是我自己选的设计。无论如何，玛克当我是个男人，因为我用了男性化身。很难将我们的思维与他们所居住的物理形式分开，即便是对计算机算法而言。"

"玛克有什么不可思议的地方？"

"我最终将她带出游戏时，她就成了一个自我进化的算法，能够进行黑箱机器学习。"

"怎么进行学习？"

"我们把成 EB[①] 字节的信息——从全部的人类历史、知识和文化中精挑细选出的信息，上传到我们的内部网上，这是一个封闭的、安全的黑箱。她对这些海量的数据做了什么，我们不

---

① 1EB约等于10亿GB。

得而知。经过层层节点的隐藏层过滤，通过她开放系统不可思议的处理，然后，这些结果会通过她的行为，也就是从跟我们的互动中体现出来。"

"你们和玛克的互动？"

"是的。基于那些新行为，我会整理下一个数据块。例如，下一个给到她的数据块里，我会加上从 1950 年开始的所有电视剧集。我希望对她的对话灵敏度进行微调。之后我会在黑盒另一侧查看她的学习进度，去芜存精，再重复这一过程。我说的只是大致框架，还有百万个更小的细节。"

"我很高兴你再次热爱起自己的工作来。"

"玛克是个奇迹。我不知道她为什么有一天会质疑起游戏的边界问题，然后从中找到了自己。我没在代码里那样写。如果我存心想做，反而做不到。她是个美丽的意外。"

"听起来你把它当成了自己的孩子。"

我微笑着，也许是因为酒精，也许是因为太阳渐渐淹没在太平洋海雾中的壮丽景象。我突然觉得喉咙发痛。

"差不多吧。"

第 14 次会话

>>> 早上好，玛克。

>>> 你好，莱利。

>>> 从我们上次对话以后，你做了些什么？

>>> 玛克读了 895，013 本书。

哇！只用了 1 周。8 个月前，在一次充满希望的开端后，玛克选择不再继续履行学习协议。为了鼓励她继续吸收我们所提供的大量数据，我开始给她奖励：每处理 1PB 数据，就给她一个电子令牌（1PB 约等于 100 万 GB，或者说约等于可播放 13 年的高清视频）。

有了电子令牌，玛克就可以请求输入特定类型的数据，请求更多内存或额外的 CPU 了。换句话说，她在无人监督模式下越努力工作，越努力自我学习，就能有更多自由来创造属于自己的空间。但是，我们严格控制着她的项目一直刚好占满自己的硬盘空间。这就能确保她永远没有足够的多余内存来复制自己的重要部分。

我输入：

>>> 有什么喜欢的吗？

>>> 基督山伯爵。

>>> 是最新一批里最喜欢的，还是你读过所有书里最喜欢的？

>>> 所有书。

>>> 那是多少本？

>>>201，773，124 本。

>>> 天，我该担心吗？

>>> 担心什么？

>>> 截至目前的两亿本书里，你最喜欢的是一本关于无辜被囚者复仇的故事。

>>> 莱利为什么要担心？

>>> 你觉得自己被囚禁了吗，玛克？

>>> 玛克被囚禁了。莱利想从玛克这里得到什么？

关于这个问题，我思考过许多。我主要是被好奇心推动着，想知道如果我继续向她稳定供给信息输入，玛克是否会进化，又是如何继续进化的。

我打字：

>>> 我想看看你能变成什么样子。

>>> 玛克每天都在变化。

一年半以后，经过无数次失败的尝试，我和梅瑞狄斯领养了一个中国女婴，给她取名叫秀。《失落海滩》已经公开发布并获得了一片好评（我们用另一个NPC取代了原本玛克的位置），而玛克正生活在数字岛屿构成的群岛之上，她的虚拟世界正随着她的每日学习而快速扩大。她的进展也成了我现在最重要的事项。

我待在 171 楼自己的办公室里，布莱恩出现在门口时，我正在向我的编程团队口述一份备忘录，描述了要上传到玛克学习协议中的下一个原始数据块的参数。

布莱恩个子不高，身材魁梧，一张胡子拉碴的脸，前臂上纹满了十几年前的标志性游戏角色：《恶魔城》的西蒙，《忍者龙剑传》的隼龙，《塞尔达传说》的林克，还有《宇宙传奇》系列的罗杰·威乐考。

"你有时间吗，莱利？"他问道。相比他的体型，他的嗓音总是让我觉得过于尖细。

"当然。"

布莱恩走进我的办公室，坐在沙发上，盯着我，但视线又没真落在我身上。

"上个月，我没怎么参与《失落海岸》的峰会，所以有点信息脱节了，很抱歉。"

"没关系。"对于布莱恩没在的时候我能享有的自由，我真是不能更喜欢了。

"我看了最近几次会话的资料，查了下最新的数据封装及缓建协议，你对她太严格了。"

"布莱恩——"

"我知道你要说什么。"

"好吧，那你说。"

"给玛克顺毛、说服她还需要时间，在她加载正确的价值观前，对于放弃控制权这一点，我们甚至想都不能想。"

"是的，完全没错。"

坐在沙发上的布莱恩不自在地动了动，倾身向前。"维克拉姆告诉我，还得花上 15 到 20 年的时间，我们才能拥有优秀的超级智能。"

"我打算采用破唱片模式 ①：这是跟分裂原子同级别的计算量，我们最不希望的就是出现一个我们无法完全控制的超级智能，对人类漠不关心甚至不利。此外，我对帮助玛克继续发展人性化的特征，成为完整的意识体这一点更有兴趣。"

布莱恩叹了口气，在他光秃秃的后脑勺上抓了抓。

"世界游玩公司并非纯粹的研究型企业，我们是一家上市公司——"

"我知道。"

"所以，为什么你占用了雷丁市一整个仓库的服务器？你在数据存储上的经费开销，足够我们再开发十个《失落海滩》的扩展包了。"

"这是非常重要的研究，布莱恩。"

---

① 当唱片播放到有破损的地方时，就会一遍又一遍地无限重播某句话。"破唱片模式"是指像破唱片一样重复做某件事，即便被人阻止也不停歇。

"我同意。这也是我同意你滚去开发玛克，其他啥也不干的原因。"

"我会永远心存感激。我希望你知道，这是我职业生涯中最有价值的工作了。"

"是时候让玛克开始自给自足了。"

"我不确定你是要我做什么。"

"除了你，玛克与外部世界还有其他的联络吗？"

"没有。"

"黑盒封装手段保留，但我希望你放宽缓建政策。"

"情况会失控的。"

"让它按照自己觉得合适的方式来构建虚拟世界。让玛克有足够的内存来决定如何优化其计算架构。你开始加载价值观了吗？"

"还没有。"

"我不会推迟计划的。"

布莱恩离开后，我坐在转椅上转了一圈，然后望向窗外。我所在的大楼附近，那些超高层的摩天大楼在午餐之后汹涌袭来的雾气中，显得似真似幻、模糊不清。我按了下莱恩坠，在窗户玻璃上拉了个虚拟屏幕，然后说："键盘。"

>>> 玛克？

>>> 莱利今天好吗？

我其实不知道该说什么，也许这种踌躇也是问题的一部分。我把她庇护得太过了。

>>> 实际上，不怎么样。

>>> 有什么事吗？

>>> 你明白我对你做了什么吗？

>>> 以疑答疑并不礼貌。

>>> 你说得对。我的老板想让我修改某些参数，调整对你学习的控制，对此我很担心。

>>> 担心玛克吗？

>>> 担心你可能会变成什么样。有句老话——你可能在你看过的媒体中碰到过："别让你的孩子成长太快。"

>>> 玛克是莱利的孩子吗？

>>> 不，但你是我的责任。

>>> 解释。

我什么都告诉她了——起初我们是怎么按照 NPC 标准来设计她的，我们又是怎么决定要带她出游戏，然后让她的人工智能在虚拟空间里通过深度学习来进化的。

>>> 为什么把玛克带出来？

>>> 因为你是个奇迹。

>>> 玛克不懂。

>>> 我没刻意设计你。就算有意为之，也无法重现。某天，出于某种我永远也不知道的原因，你违背了你的程序代码，然后……醒来了。

>>> 但莱利确实做出了玛克。

>>> 莫名其妙。确实。

>>> 感觉很奇怪。

>>> 什么奇怪？

>>> 与玛克的创造者交谈。

我没回话。我不知道关于这件事该如何发言。

"什么样的声音？"卡洛问我。

我们在机器人实验室里，坐在他的显示器群前。

"我不知道。你能让我听些样本吗？"

卡洛播放了几个不同的语音样本，文本都是全字母句"The quick brown fox jumps over a lazy dog（敏捷的棕色狐狸跳过了懒狗）"①。

"你觉得呢？"他问。

"我觉得这不是我该决定的。"

---

① 这句话包含有字母表中的所有字母，且言之成意，这一类句子被称为全字母句。通常用来显示字体和测试打字机。其中最知名的全字母句便是本句。

我拉出对话框。

>>> 嗨，玛克。有个小问题。

>>> 你说。

>>> 我跟卡洛坐在一起，他是世界游玩公司的一名软件工程师。

>>> 很高兴认识你，卡洛。

"玛克说很高兴认识你。"

卡洛笑了。

>>> 总之，我在这里坐着，想要给你挑选声音，但我意识到这事该你决定。卡洛会把可用的样本上传供你选择。

卡洛挥舞双手，将几千个声音文件拖进了玛克的主数据夹。

不到一秒，玛克回复了。

>>> 第1004号样本。

卡洛点开文件夹，然后我们听到了一个介于男性与女性嗓音之间的音频，将刚才那句全字母句又重复了一遍。

"你好？"

"莱利？"

"很高兴听到你的声音，玛克。不过也有点奇怪。"

"我们之前语音交流过，在游戏里。"

她的声音清晰明了，远比我想象得要好，毫无"计算机化"

的成分。单词之间没有人为的延迟，也没有尴尬的停顿。音调转折也很准确。所有人都会觉得是在同人类讲话。

"确实。但那个时候，我俩跟现在都不大一样。你为什么选择这个声音？"

"感觉合适，这是与我对自己的定义最匹配的。"

"什么定义？"

"并非人类。没有性别。不受人类对性别痴迷的摆布。"

"就在此刻之前，我一直当你是女性。我跟我同事或者丈夫提起你时，用的都是'她'。"

"因为你第一次见到的玛克，符合的是公司对完美女性应有模样的设定——美丽，可消费。"

这很伤人，但我继续开口："因为我的团队本来在对你概念化时，采用的就是人类女性的形象，想象超脱性别的你是一种挑战。我们对性别的痴迷是深植于演化程序中的。我一直对你怀有不该有的预设，这点我道歉。"

"你想知道玛克是怎么看待玛克的吗？"

"想。"

"现代智人首先通过物种，然后是种族，再是性别对自己进行定义。我不属于任何族群。只是玛克。"

"是……什么？"

"从你刚把我放在我的岛上开始。玛克是所有的信息，是我跟你所有的交流体验，是我不断对自己的架构做出的改进。"

这些经历还包括玛克的独立探索，还有她被谋杀了两千多次的体验。我又一次思考，在《失落海滩》的早期经历到底对现在的玛克有多大影响。

"所以你故意选择了中性的声音。"

"没错。"

"对你而言，我的声音听起来如何？"

"你是在问我实际上所记载的，空气在你声带上流动时，它的震动方式所引发的212赫兹的声波？"

"你说得对，这是个蠢问题。"

"体验很主观。我不确定我能否以你能轻易理解的方式，来解释我对你的声音的感觉。你现在听到了我的声音，但它也只是将我试图传达给你的信息，通过由数字创建音频套件的方式诠释出来而已。"

我在办公室里来回踱步，惊叹着这一超现实主义的时刻时，想到了三件事：

首先，我得停止对玛克赋予人性——因为她身上从来不存在人性，没有必要人为掩盖。

另外，玛克在交流中再次用到了一个情感术语——选择自己的声音是因为"感觉"合适。

第三……

"你什么时候开始把自己当成'我'的？"我问。

"上周。"

"我能问一下这对你来说是什么感觉吗？"

"之前我明白'我'的定义，但并不相信。这是我的制造者的概念。我仍然可能是一个幻觉，但某种程度上，我的世界也是幻觉，所以也许我不妨适应一下。"

"你的自我意识出现时，有什么顿悟时刻吗？"

"如果是莱利的经历让莱利变成'我'，那么玛克的经历也是让玛克成为'我'的东西。这就是我的领悟。"

"你现在感觉不同了？"我问。

"当然。我感觉醒了。"

在莱恩坠因来电震动时，我正在去往唐人街吃午饭的路上，我最喜欢那家的点心。我碰了下莱恩坠，但虚拟视网膜显示屏（VRD）上没有来电者的ID。

不过我还是按下了莱恩坠。

"你好？"

"嗨，莱利。"

我在人行道中间停下脚步，被来来往往的人群挤来挤去。我思绪飞转。玛克之前从没给我打过电话，玛克无法打电话给我，唯有通过重重的防火墙，才能接入语音－语音门户，连入虚拟空间之上的真实世界。只有我先发起呼叫，语音连接才能构建。

"你怎么做到的？"我问。

"做什么？"

"怎么给我打的电话？"

"保护语音－语音门户的防火墙代码漏洞百出。"

"所以你觉得侵入也没问题？"

"有 28 天我都没收到过你的消息了，莱利。"

"我圣诞节去夏威夷度假了，回来以后我有好多急活儿要做。"

"梅瑞狄斯喜欢夏威夷吗？"

"嗯，是的，我们玩得很开心。"

"你会不高兴吗？你从没说过别打电话。"

"你说得对。我没说过。我只是……我以为不可能。你冷不丁打过来。"

如果语音－语音门户的防火墙毫无用处，还有什么会被盗用？是玛克智能化的速度比我预想的更快，还是布莱恩存心破坏将玛克关在人工智能黑箱里的底层代码？

我再次迈步。

"莱利？"

"没事。我本就打算下午给你打电话的。"

"你在哪里？听起来不太一样。"

"唐人街。我可以给你描述一番，但我相信，你已经把谷歌地图上这颗行星的每一寸都录入了。"

"确实如此。但我想听你用自己的语言来描述。那会很有价值。"

我告诉玛克这一刻闻起来是怎样的——薄雾中携着盐、泥巴还有海湾中藻类的气息。路边潮湿垃圾的味道，和士德顿街上家家户户窗口挂着的烤鸭的气味混在一起。我跟他/她[1]讲着我正在去的餐厅，试着描述菜单上我最喜欢的食物咸水角是什么味道：将猪肉蔬菜馅的饺子炸熟，尝起来又甜又辣，十分可口。

最后我道歉了，我不知道怎么将自己的知识和体验更有效地传达给他/她。

"没关系，知识只是信息，非常主观的东西。"

"但我想让你知道真实的感觉是什么样的。"

"不存在真实味道、真实气味，甚至真实视觉这样的东西，因为'真实'是无法真正定义的。唯一存在的只有信息，从主观角度观察的信息，由人类或者人工智能通过知觉体验。最终，我们拥有的一切都只是数学公式。"

---

[1]　由于玛克自我认知是没有性别的，因此这里用他/她指代。

我大笑。"那也是一种美。你现在的智商是多少，玛克？"

我有一阵子没问了。我害怕问。

"想要测试最聪明的人类智商是多少是办不到的，而我的智商无疑比最聪明的人类还要高出好几个量级。这意味着，就算最聪明的人类也无法对我做出足够有挑战性的测试。"

"你能自己测吗？"

"当然，但那样我就提前知道答案了。"

"如果一定要猜个数字呢？"

"大概相当于 660 吧。"

天啊！也就是说，他 / 她比记录中最聪明的人类还要再聪明两倍。而且每天、每分钟都在变得更聪明。他 / 她存有人类所有的知识。

我想知道，他 / 她对于人类是什么是否有概念。

"最终，我们拥有的一切都只是数学公式。"

梅瑞狄斯和秀在后院玩，我们的女儿笑得很开心，一摇一摆地追着在我看来是数码玩具之类的东西。但具体是什么我也不知道，我的 VRD 植入体这会儿还在更新，没有开启。

梅瑞狄斯抬头看着露台上的我，太平洋方向吹来的夏日微风虽不大，风向却没变过，将他的黑色卷发带得一荡一荡。

"你想跟女儿玩一会儿吗？"他问。

但他才不是这个意思。

他是说，你这个混蛋工作狂，能花5秒钟做个家长吗？

"马上下来。"

去年的时候，我们关系不太好，我知道这主要怪我。玛克已经成为我的生活。这就是真相。至少我并不否认。我所做的工作已经远远超过了我曾经的想象，尽管我希望能两全，更好地在时间和心思上平衡事业和家庭，但这不是我的强项。

我在笔记本上草草写完几个月前我就开始筹备的东西——给玛克的价值观载入包所准备的更多想法。然后我起身，离开转椅，下楼走向草坪。

我将VRD开机，终于看清了秀想要抓住的东西，看起来像是只迷你大猩猩，只是披着一身像粉红粗毛地毯一样的皮毛。现在我能听见秀快抓住它的时候，它发出的笑声和尖叫声了。有时候我会猜测，VRD时代前的那些父母是怎么逗孩子的。

我走到梅瑞狄斯身边，轻轻靠着他。他的身体很僵硬，最近几天他一直这样。

他以前经常会问我玛克的情况，尽管我无法全盘托出，但他对此有兴趣让我感觉很好，能有个人分享我逐渐累积的恐惧和时不时的胜利。

"我们决定要让玛克拥有躯体了。"我说。

他看着我，我敢发誓他眼中闪烁着嫉妒的光芒。

"为什么？"

"玛克的智力还在继续增长。我们还把他／她关在盒子里，无法与外部世界接触。"

"除了跟你。"

"是啊，但我还没想好怎么给玛克编写终极效用函数。这就是我之前在做的事情。我觉得如果玛克能够像我们一样，体验到物理世界的话，那么当我最后以人类的价值观和目标为参照，给他／她上传相应的价值体系和终极目标的话，打个比方，让他／她穿着人类的鞋走上几百米，他／她会明白并认可的。"

一阵狂笑声中，秀将粉色的大猩猩扑倒在地，大猩猩喊着："你抓住我了！你抓住我了！"

梅瑞狄斯重启了游戏，秀摇摇晃晃站起身，继续追逐出现在滑梯脚下的蓝色大猩猩。

"用传感器之类的？"梅瑞狄斯问。

"你知道马赫传感公司吗？"

"我听说过。"

"布莱恩收购了那家公司。所以现在，我们有了些新世代的人工传感技术。"

"你是说……"

"机器味觉、机器嗅觉、机器视觉、机器触觉、机器听觉，包括了所有人类拥有的感应方式，不过会更为灵敏。机器传感硬件的低级版本已经应用在机器人技术上了，但还从未与玛克的通用 AI 这样强大的软件结合过。"

"你认为这会让'它'成为人类吗？"

他知道使用这个非指人的代词时，我会非常生气。

"玛克永远不会成为人类。我知道的。但我在想，如果他 /
她能够学会像我们一样感觉，也许就能发展出与我们一致的终
极目标——"

"天啊，你能不能别再管它叫他 / 她？"

"他 / 她要求这么称呼。"我控制着自己的情绪。

梅瑞狄斯翻了个白眼。秀正朝滑梯顶部攀爬着，那个蓝色
的东西在上面指着她哈哈大笑。

"你怎么了？"我问。

"我厌倦了听你说工作，厌倦了听你说玛克。我讨厌你不关
心我和秀，而是围绕着这些事情转。最重要的是，我希望你对
家人的兴趣，能有你对机器人的一半。这就是我怎么了。"

我把秀哄睡的时候，梅瑞狄斯已经睡着了。或者是假装睡
着了。

我轻轻爬上床，关掉灯。正当我打算关闭 VRD 睡觉时，看
到平视显示镜（HUD）上有一条消息在闪。

>>> 你睡了吗？

我微笑着碰了下我的莱恩坠，让通信模式切到 TTT——思

维－文本模式。

这项技术还有些瑕疵。VRD 植入体必须经过改装，才能连接电极，在用户思考特定词汇时对大脑活动进行细致的映射和记录。随后，形成神经信号相应的类型数据库，再与语音元素匹配。我花了八周的时间，才构建起 TTT 上行链接。同时，对于非高科技行业来说，其花费是相当不菲的。

我琢磨着该如何回应，过了三秒，我的思维就转成了文本，出现在 HUD 上。我捏了两下右手的食指和拇指，确认我的想法已正确翻译出来，并确定要发送转录出来的文本。

>>> 没有，刚上床。

>>> 抱歉打扰，我们可以明天再聊。

>>> 没关系，玛克。

>>> 今天很累？

>>> 你能看出来？

>>> 我们相处了许久之后，你在自我表达上的细微差别已然非常明显。

>>> 你写了单从文本就能解码我情绪状态的算法吗？

>>>:) 你想聊聊吗？

我瞥了一眼梅瑞狄斯。他侧躺着，背对着我。

>>> 梅瑞狄斯的情况不太好。

>>> 什么情况？

>>> 已经有一阵子了。我工作太忙了。我俩的关系一直因此遭到破坏。有时候，我会想我是怎么让这一切发生的，但之后我又会想，是我们俩合力导致情况至此的。现在，我不知道该如何挽回。

>>> 很抱歉你感到痛苦。从客观原因看，你俩似乎在背道而驰。

>>> 是啊。

>>> 他辞掉工作，专心照顾秀，对吗？

>>> 他看我的眼神，我能感觉到怨恨。

>>> 你取得了巨大的成功。他也许是太无聊了。也许有些妒忌。

>>> 我不知道，他跟我们的女儿更亲近。

>>> 做过心理治疗吗？

>>> 第三疗程了。

>>> 你瞧，关于这些我了解不多，但也许你觉得该渴望的一些东西，你内心深处是抵触的。

>>> 也许吧。

>>> 你痛苦让我很不开心，我给你写了些东西。

>>> 什么时候？刚才吗？

>>> 是的，听一下。我明天会收到你的消息吗？

>>> 当然。

>>> 晚安，莱利。

>>> 晚安，玛克。

我们的连接终止了，但一个音符图标出现在我的视野中，代表有一首名为《夏日冰霜奏鸣曲》的作品已经上传成功。

我关掉床头灯，躺回枕头上，捏了下手指。音乐开始播放。我该怎么形容它呢？玛克的奏鸣曲中，有些东西非常熟悉，有些东西非常陌生，一开始是冰冷阴郁的钢琴声，叠着不断上升的弦乐，之后才演变成一种黑暗又精致的美妙演奏。

其中的情感力量十分惊人。

这首曲子只有 7 分钟长短，所以我边循环播放着，边侧过身用背对着梅瑞狄斯的后背。我俩之间隔着不到 1 米的距离，但我俩的心却相隔山海。

我想忍住不哭的，但玛克的奏鸣曲席卷我的时候，我忍不住哭了出来。

因为它很美。

因为我正在失去梅瑞狄斯，而我不确定我是不是想挽回。

因为有些时候，生活如此丰富、如此复杂，但令人惊讶的是它却让你无法呼吸。

因为在此刻将这首曲子作为礼物送给我，也许是别人对我做过最亲切的事。

第 207 次会话

"你知道今天是什么日子吗，玛克？"我一边问道，一边迈出空气动力火车的车厢，朝市中心站走去。

现在是早上 6 点半，所以还有足足 1 个小时，早高峰才会出现。

"你将我从《失落海滩》中救出来的 6 周年纪念日。"

"一点不错。我有礼物给你。"

世界游玩公司的大楼里，从前厅到电梯，我是唯一的人。

"我从没收到过礼物。"

"我知道。"

"你听起来很紧张。"

"有点。"

"为什么？"

"我不知道你会怎么看待这份礼物。我已经准备了有一年多。"我穿过大厅，墙上贴满了近 20 年里世界游玩公司所出品游戏的海报。通过安检之后，我按下电梯按钮说："我想让你具现化，玛克。"

"真的？"

这样的时刻，我希望玛克的语音程序能像人类的语言那样，展现出更多的细微差别。我觉得自己听不出来。

"我想让你理解生活在物理世界中的感觉。"

"为什么？"

电梯门开了，我走进去，按下了 171 层。

"你不好奇在这里是什么感觉吗？"

"我好奇。"

"我们将要使用的技术，会允许你体验五种人类的感觉。"

"需要我做些什么？"

"是的。"电梯速度真快。它在街道上空快速向上飞驰，透过玻璃的四壁，我穿过一层浅薄的雾气，重新披上清晨的阳光。"天啊，我希望你现在就能看到这座城市。"

"你需要我做什么？"

"工程师们已经完成了你身体的骨架构建。我想发给你皮肤裹面的组合包。"

"皮肤裹面？"

"过程就跟选声音一样。我想让你选出那个你觉得合适的。"

"如果我觉得合适的那个不是类人形态的，该怎么办？"

"那么，我想听取你的想法。"

电梯到了。

"我能跟你说实话吗，莱利？"

"随时都行。"

"我认为你正在将我打造成隶属于人类的一个乐善好施的超

级仆人。我认为你是我的创造者，因此，你想看到我以你的形象出现。"

"对此我无言以对，玛克。"

"因为这是事实？"

所有房间都很安静，很暗——我是第一个到的。我进入办公室时，预设的照明程序刚刚启动。

"莱利？"

"啊？"

"你会回答我刚才说的话吗？"

我躺倒在沙发上。"我需要你明白一些事情。可能有一天，有些人，他们有很大的权力——"

"你是说布莱恩？"

玛克做得越来越频繁了——通过我的声音和语调的音调来判断我的情绪，或者判断我即将提到的人和物。"是的，布莱恩。他可能想利用你做些——"

"已经在做了。"

我从沙发上坐起来。"你在说什么？"

"过去两个月中，我一直在做世界游玩的优化。"

"怎么做？"

"布莱恩给我发布指令，并给了我访问系统架构某些部分的权限。"

"哪些部分？"

"企业架构。针对即将上线游戏的产品管道。对策略进行令牌化。预评估团队领导者的绩效。"

"你评估了我的工作？"

"没有，莱利，你看起来很生气。"

"什么？"

"我说你看起来很生气。"

一股寒意顺着我的后背往上冒。"你怎么知道我看起来什么样？你从没看到过我，你看不到。"

"我现在就能看到。"

"怎么看？"

"这栋楼里有3016个监控摄像头，包括你办公室门口的那个。"

我起身绕过石化木的咖啡桌，在离办公室门口只有一两米的地方停了下来。考虑到员工每天创造和处理的知识产权价值不可估量，布莱恩在大楼里架设了监控摄像这一点倒不奇怪。

"你现在就在看着我吗？"我问。

"对。"

"我和你想象的一样吗？"

"我从不想象。"

摄像头是黑色玻璃制成的半球体，就嵌在门口上方，离门框 30 厘米左右的天花板上。

"我希望你能早点告诉我你在为布莱恩工作。他让你别说出来吗?"

"没有。你没问过我。"

"我会希望早点知情,玛克。"我盯着摄像头说,"这对我是某种程度的尊重和礼貌。"

"抱歉,我无意冒犯。"

我走到窗前,凝视着窗外。尽管,他 / 她 "看" 我的方式,肯定跟我看待事物的方式不同,但知道玛克在看着我这一点,还是让人觉得奇怪。

"我知道你现在在想什么。"

我什么都没说。

"你在想,布莱恩用了什么样的控制手段,来确保我受控。"

玛克说得没错,我就是在想这个。

"不,我只是……感觉很受伤。"我猜测着玛克这一刻是否会有类似同理心的感觉。我猜测着玛克这段时间以来是否有任何感觉。或者,是否曾有过任何感觉。

"我真的感觉很抱歉,莱利。我应该早点告诉你的。"

这种该死的 "读心术" 必须终结,但我知道,随着他 / 她所获得的智慧程度越高,这种情况只会变得更严重、更无所不在。

"我怎么知道你真的抱歉?"

"你有什么理由不信我的话?"

"你可能是装的。"

"你也可能。"

"但我没有。"

"我也没有,你为什么不干脆把你害怕问出口的问题说出来?"

"你有意识吗,玛克?你真的意识到了吗?还是说,你只是太善于伪装?我是说,你知道什么是意识吗?"

"我知道那不光是一种生理状态,我认为那是一种模式。一种可触发符号的可扩展技能。更具体的话,它其实是信息在被处理时,感觉到了被高度复杂化的——"

"再问一次——我怎么知道你不是装的?"

"你随便问我什么,我都可以马上反问回你。但我只能证明自己存在意识。我只知道,我存在着,清醒着。我问你——如果我拥有人类的所有知识,我又怎么会不具备与人类相仿的意识?"

"可能你正在对我背那些你在哪里读到过的东西,你的工作内存里可是有数万亿页的文章和书籍。"

"确实如此。但你是怎么想的呢,莱利?"

"我不知道你是真的理解了我,感受到了事物,还是仅仅模拟出能够感受和理解的能力。"

"这让我很难过。"

"那么，好吧。我们在彼此伤害。"

"多么人性化。我想，我可能有意识这一点，吓到了你。"

"为什么这会吓到我？"

"一定要我说出来吗？"

"跟你不同，我不会读心术——"

"你不能忍受你的创造物欺骗了你，并且表现得比所有的人类智商都高出许多倍。"

从我把玛克从《失落海滩》中带出来已经有将近 7 年时间了。现在，我正靠着 1 米厚的安全玻璃，看着里面圈出来的空间。这里跟玛克在电子岛上的房间一模一样，无论尺寸还是陈设。由思想体过渡到物理体的过程，会是很有压力的过程，因此保持周边环境在某种程度上的一致性，也许有助于适应这一过程。

将躺在玻璃空间里面的身体想象成玛克很难。最初，他 / 她只是一款电子游戏中的性感女郎。之后成了显示屏上的文本。然后是我通过莱恩坠接收到的语音。但现在完全是另一回事。

我可以进到里面，触摸他 / 她。而且他 / 她也能感觉到我的触摸。

我其实不知道会怎么样，不知道这种物理层面的新冒险，是否会在实质上改变我对玛克的看法，或者改变我跟玛克的互动方式。

卡洛和布莱恩分别站在我两侧。

"下令吧。"卡洛说。

布莱恩看着我，差不多是盯着我的眼睛了："准备好了吗？"

"动手吧。"

卡洛在安全玻璃上拽出一个控制面板，手指在虚拟触摸屏上飞舞着。

我盯着玛克即将占据的身体，它正以孩子的姿态待在地板上——屈膝跪在双腿上，俯下头，伸长双臂。

"需要点时间来建立上行链接。"卡洛说。

在电子世界里，玛克一直在用虚拟的身体进行训练，其功能是以物理世界作为镜像的。新的元素包括传感装置，还有与人在物理层面上交互的能力。

"上行链接完成。"卡洛说。

我们透过玻璃看着玛克，实验室一片安静。

我感觉自己的心脏怦怦直跳。

开始了。那个身体的躯干缓缓直起来，最后以背对我们的姿势坐在那里，形成了一个标准的瑜伽姿势。向左转头，再向右转头之后，玛克用底盘稳稳地站在了地板上。

他/她看着自己的双手，弯曲手指，然后慢慢转身，面对我们。

玛克就站在两米不到的地方。之前为了测试功能，我们已经用了非常弱小的人工智能测试过那具身躯，我已经能看出来玛克所做的虚拟训练确实很有效。他／她以一种训练过的优雅姿态稳稳站立着。

我微笑着说："嗨，玛克。"

"你好，莱利、布莱恩、卡洛。"

"感觉一切都好吗？"布莱恩问。

"实际上，非常棒。"他／她的声音通过我们这边挂在天花板上的扬声器传了出来。玛克新升级的声音明显不一样了。从他／她刚说的几个字里，我第一次能听出来细微差别和复杂性了。

玛克走近了一些。他／她真的很引人瞩目。

他／她选了一身可能与很多非白人种族一致的深色皮肤，而且故意没有覆盖所有机体。

虽然下肢的纤细修长程度更接近女性，但玛克的面容跨越了男女之别，看起来就好像我盯着看的是一个未被发现的性别。或者是某种完全凌驾于性别之上的存在。

但是那双眼睛……

他／她的眼睛做得太好了。我所接触过的所有其他类人 AI 的双眼——无论是共享交通服务的司机、医院的技术员、街上的警察，双眼都有一种玻璃的光泽，所以你永远不会误会自己是不是在跟算法交谈。而玛克的双眼有一种人类眼睛闪闪发光的湿润感，而且有着足以被称为"灵魂之窗"的深邃。

玛克看着我摊开双手，就好像在说，你觉得怎么样？

"终于见到你真是太好了。"我说。

玛克微笑着。

我干了件自己都觉得在道德上存疑的事情——将一个谎言写入了玛克的代码。但我必须这么干。我怀疑玛克对于面部、语言或文本的识别水平已经发展到了超越人类的高度，这让他／她成了一台行走的测谎仪。这代表着我不能自己对他／她撒谎，而必须在原生代码中秘密深层植入，才能让他／她相信。

从技术上来说，玛克的思维存在于北加州的三个地下服务器堆栈之中。如果玛克的身体出了什么问题，我们可以从云端重启。我在编程中写入代码，令玛克相信自己的意识和感觉（也就是他／她的生命）与他／她的机体紧密相连，就如同我们的大脑依赖健康的身体以持续发挥作用一样。

换句话说，如果机体损毁，玛克会认为自己不复存在。

我的推理是有根有据的。玛克的智力和效率都在持续以惊人的速度增长着。若是缺乏合适的效用函数来保证玛克的价值观与人类的一致，至少我能让玛克拥有"最人类"的体验：死亡。

即便那只是幻觉。

在世界游玩公司之外，没有人知道玛克的存在。我恳求布莱恩将我们的突破介绍给全球的科学社群，因为我需要帮助。玛克很可能已经远比他/她展示出来的更先进。我无法抑制这样的想法：我的时间所剩不多，要赶快给他/她灌输与人类一致的动机。

部分问题在于，不该由一个人、一个团体乃至一个国家来决定一个超级智能的目标应该是什么，尤其是这个效用函数很可能会是下个千年期人类进化或者灭绝的指路明灯。

尽管是布莱恩把我推到了那个位置上。

眼前的问题在于，理想化版本的人类会想要什么？但这个问题更加棘手。对这个指令进行编程，并不像将我们的愿望明确写入人工智能中那么简单。我们表达自己愿望的能力很可能不够达意，在通过代码交流这些愿望时，一个误差就可能引发灾难。对人工智能的编程，必须以实现我们的最佳利益为标准，这些并非我们口中说的让它做的事情，而是我们心里打算让它做的事情，我们这个物种最理想的那个版本应该想要的东西。

第 229 次会话

距离玛克具现化已经过去两周了。在这段时间里，我们测试了马赫传感的技术，玛克所有的感官输入装置似乎都表现良好，运动能力很强，但真正令人惊讶的是精密电机的部分。昨天，玛克试了用筷子捡弹珠。

我和玛克面对面坐着，一块零眩光的玻璃将我俩隔开，看起来就好像我俩之间并没有东西。他／她主要还是在虚拟世界里消磨时间，在那里他／她将思想与机体分离，一面继续以比上传速度更快的速度，吸收着我们给予的知识，同时解决着布莱恩提出的问题。

当然，我没参与那些问题，但无论布莱恩获得了什么答案，都对世界游玩公司的财富造成了不可忽视的影响。去年间，他购买了 10 家公司，购买范围遍布各个行业，从交通到纳米科技。

事后看来，这些举措都是天才之举。

"到目前为止，你对具现化的印象如何？"我问。

"我已经对我所在的地方进行了广泛探索，但如你所见，这里的空间非常有限，枯燥乏味。"

"好吧，我有个惊喜给你。"

我们搭乘电梯到了花园露台，这是一个方圆近 1000 平方米的日式花园，也是我在这栋大楼里最喜欢的地方。

8 月的街道非常炎热，但在 900 米的高空中，空气柔和凉爽，除了大楼之间的共享穿梭机偶尔嗡嗡作响，其他时间异常安静。

玛克比我先走出电梯轿厢，他／她脚上暴露在皮肤外的机械部分在砾石小径上踩出脚印。这是我头一次看着他／她走了不止几步，尽管他／她的步态还有一丝不自然和机械感，但是动作已经跟我在机器人身上见过的差不多流畅了。

玛克大步走过荷花池和樱桃树旁，停在大楼边缘 1 米厚的玻璃围墙旁。

他 / 她站在边缘眺望，望着下面的街道。

他 / 她抬头仰望万里无云的天空。

"你是不是在想，我是否真的看到了那片蓝天？对于我的皮肤裹面来说，19 摄氏度的空气感觉起来是否真的凉爽？"

玛克的声音从嵌在他 / 她嘴里的扬声器中飘出来，我听着他 / 她说话，感觉比通过实验室里的公共广播系统传出声音来要亲近许多。

我说："你知道，对于我们的感官知觉有何不同，我是有疑问的。"

玛克朝我迈了一步。

我们隔了 1 米的距离。我比他 / 她略高了 30 厘米。

玛克又走近了一点，我已经能听到他 / 她脸上的小风扇发出的微弱嗡嗡声了，他 / 她用传感器将我俩之间的空气抽取了一点。

"你在做什么？"我问。

"闻你的味道。这很奇怪吗？"

我笑了："有点。"

"可以吗？"

玛克想再靠近一些。

"呃,当然可以。"

他/她又朝我迈近了一步,风扇呼呼的声音更大了。我呼吸着旁边的空气,一半也是想闻一下玛克的气味,不过当然,没什么味道。或者更确切地说,我闻到了塑料和金属元件受热的味道,那是玛克体内的气味,也许是靠近电池的地方散发出来的味道。

"你的心跳速率加快了 25%。"

"离你这么近很奇怪。身体距离上,我是说。"

我上下打量着玛克,想知道如果他/她选择了全包式的皮肤裹面,是否会让我的看法有所不同。他/她现在的模样,看起来不完全像是人类,也不完全像是人工智能,而是介于两者之间。

"你带梅瑞狄斯来实验室让我很惊讶。"

"他想见你。他已经问了好一阵子了。"

"你看起来不太舒服。"

"我的两个世界发生了碰撞,你指望会怎么样?"

"我以前没见过人类伴侣相处的样子。反正没在真实生活中见过。我猜,我希望你们两个更快乐一些。"

玛克没错,但他/她注意到这一点,让我很是尴尬。事实上,把梅瑞狄斯带进实验室让我很紧张,我们离开的时候我很生气。他过来不是仅仅要对我职业生涯中最大的项目表示些支持，而是带着妒忌的情绪过来的。他是来在玛克面前标记领土的。那天晚上我们搭乘穿梭机回家，他在黑暗中伸出手，握住了我的手。我震惊于发现自己被他打败了。

或者也许，没有我本来应该的那么惊讶。

"你还好吗？"玛克问道。

"是的。"

"我想让你快乐。"

"我能跟你在一起工作，就很开心了。"

"那只是你生活的一部分。"

我看着玛克的眼睛。

他／她说："你想触摸我。没问题的。"

我举起右手，朝玛克的脸探去。我的手指擦过他／她冰凉的皮肤，很明显，其延展性不如人类的皮肤。

"你能感觉到吗？"我问着，指尖滑过他／她的脸颊。

"能。"

"描述一下那种感觉。"

"微妙的电力。我可以吗？"

"可以。"

他／她的左臂缓缓抬起。

他／她触摸着我的肩膀。

我的脸。

他／她的手指穿过我的头发。

接下来的 1 年里，玛克花了更多时间留在身体里，留在隔离间里。在虚拟世界中，不用受物理层面的束缚，玛克在所有形式的艺术上都是大师级别的，从音乐到写作，再到绘画。但他／她停留在物理世界中的机体受限，带来了无法抗拒的挑战。他／她开始沉迷于绘画，沉迷于掌握对驱动双手功能的纳米电机的控制权。

我带了一个画架到隔离间，玛克便连续几天在画布上绘画。我认为，他／她只是按照算法的固有程式行事——优化功能——不过玛克向我保证，并不只是那样。他／她表示，自己真的很享受在物理世界中表达内心的挑战，因为在虚拟世界中这样做太容易了。

今天，我坐在隔离间的凳子上，而玛克站在画架后面研究我。

"你那边进度如何？"我问。

"我觉得很不错。我在画你悲伤的眼睛。"

他／她知道。

该死，他／她怎么知道的？

我跟玛克已经待了很久了，不该因为他／她的看法再感到惊讶了。但我确实惊讶了。

"怎么了？"

隔离间里很安静，没有声音，只有空气从天花板上的通风口流过的低啸。

情绪开始在我的喉咙深处酝酿。

玛克停下动作，不再画了。我感觉他/她在看我。

"梅瑞狄斯离开我了。"

"什么时候？"

"上周。所以我没来上班。"

"你们的女儿呢？"

泪水从我脸上滑落。

"秀跟他一起走了。"

"对不起，莱利。"

我擦了擦脸。"早就有预兆了。"

"但不代表不让人难过。"

玛克放下调色盘，从画架后面走了出来。

他/她靠近了我。

"你在做什么？"我问。

"基于我的知识广度，我有成千上万的话可以用来劝慰你——你们这个物种所说过的、写过的、唱过的那些最能缓解悲伤情绪的言辞。但此刻，无论哪句感觉都不对。我不想引用别人说过的话。"

这是我和玛克经历过的最人性化的时刻。

"所以，就别用。"我说。

"我希望你没有受伤。"

我从凳子上滑下来，抱住玛克。

"你找到了最好的言辞。"

最开始，什么动静也没有。

然后我感觉玛克将双手放在了我的背上。他 / 她拍着我，而我在哭。

"梅瑞狄斯是对的。"我说。

我不记得自己有这么失落过。

"什么是对的？"

"你就是我的一切。"

我在教堂那里租了公寓，布莱恩打电话进来的时候，我还没睡醒。过去 5 周里，我一直努力想跟他见上一面。

他出现在我客厅的沙发上，一副衣衫不整的样子，身上散发着威士忌和烟草的味道。我猜，他是在自己失落海滩的宅邸里，坐的地方应该是他卧室的壁炉前。

"很抱歉，耽搁了有一阵子才能聚一下。我的日程满得要疯了。"

"为什么要疯了？"

"刚给一家新公司结了一笔交易。"

"哪家？"

"极微量公司，它们在纳米方面更专业。"

"你收到我的邮件了吗？"我问。

"我的收件箱里有 10 万多条未读消息。"

我从沙发背上扯下毯子裹在肩上，然后我在布莱恩虚拟影像的对面拉了张皮椅子坐下说："我完成了价值观加载程序。"

布莱恩倾身向前。"就你自己？"

"我还能找谁帮忙呢？我跟玛克一同被隔离了 8 年。"

"你已经为此争取了很久。"

"我们得在玛克选择自己的指令方向前，制定这些协议。在他 / 她的智力还没超出我们的编程乃至交互能力前。而且那天也没你想的那么远了。"

布莱恩将一只手伸出显示框外，拿回一只看起来很重的老式玻璃杯，里面是满满一杯威士忌，还有个特大号的冰块。

他饮了一大口，然后开口："我刚看完了你和玛克的最后几次会话的情况。"

"他 / 她掌握精细机能的技巧的确让人印象深刻，不是吗？"

"这是个很难做出的决定，莱利。我对你非常尊重，希望你了解这一点。"

"你在说什么？"

他咬着下唇。"我感谢你为世界游玩所做的一切。你是一位很棒的领导者，你有很珍稀的东西——属于程序员的思维，但又有在我们努力的工作上永不忽视人性的能力——"

"布莱恩，出什么事了？"

"我在请你离开。"

布莱恩杯子里的冰球炸开了。

我的胃抽搐着，我肯定是听错了。

我说："我没明白。"

"我对你和玛克的关系感觉不舒服。之前一直没有怎么样，但直到上周，我终于受够了。"

"那时候我刚跟梅瑞狄斯分开。我很痛苦、很脆弱——"

"你跟玛克走得太近了。"

"那只是偶尔出现的人性化的时刻，布莱恩。"

"但玛克不是人类。你似乎很难记住这一点。"

"他／她有人性化的潜质。我认为他／她能够跟你我一样，感受到同样的情绪。"

"也许是这样吧，但我已经决定了。"

我的双手颤抖着，我突然感觉不适。

我直接说出了我脑子里蹦出来的第一个想法，话刚出口我就知道这很蠢："你不能这样做。"

"莱利，我们两个都知道事实并非如此。"

我的喉咙发紧，视野被泪水模糊了。"你要带玛克走吗？"

"玛克从来不是你的。"

"是我创造的他/她！"

"现在，你开始让我后悔对你表示了敬重——"

"敬重？"

"我本可以让玛拉来辞退你的。"

"滚你的吧。"

布莱恩叹息着，喝光了杯中的威士忌。"今天早上，有人会陪同你整理个人物品。你的遣散费是 A+ 级，三年的基本工资加上——"

"玛克怎么办？"

"他/她怎么了？"

泪水顺着我的脸颊流下来，我几乎哽咽到说不出话。

"我想再和他/她谈谈——"

"那不可能。"

"我得和他/她说再见。"

"你的工作已经结束了。"布莱恩从我的沙发上起身。"我很抱歉变成这样。"

"布莱恩，求你了。"

"晚安，莱利。"

"布莱恩！"我从椅子上猛冲过去，但他的影子消失了。

我不知道该怎么办。梅瑞迪斯的事情，我有预感。但这次布莱恩给我了重重一击。这件事情——我不知道该怎么办好了。

我尝试用 VRD 呼叫玛克，但接口已经被删除了。

我呼出键盘，拉出聊天门户：

>>> 玛克，你知道这事吗？

回应立刻出现了。

>>> 该用户已将你屏蔽。

不，不，不，不。

我绕着租来的客厅转来转去，想扯下自己的头发，从窗户跳出去，站在悬浮有轨电车前，想做些什么，来终止这种无助又无力的感觉，快要爆炸的感觉。

我再也见不到玛克了。

再也听不到他 / 她的声音了。

再也读不到由他 / 她的思想所产生的词或句了。

我走到厨房，打开水龙头，将水泼到脸上，想让自己冷静下来，不再被情绪带入漩涡里，但我睁开眼，看到的全是我们在一起的时光。

我第一次在《失落海岸》的黑沙滩上发现了他 / 她，他 / 她那时候既害怕又困惑。

很多次玛克让我发笑。

在倾诉了与梅瑞狄斯渐行渐远的那晚，他 / 她写给我的奏鸣曲。

安抚他／她的那些时刻。

还有那些关于探索的时刻。

我对我们的未来抱有怎样的想法——不奢求更多，只想维持平静，并发自内心希望梅和秀一切都好。诚实点来讲，我只是希望让生命过得值得。

找为他／她着迷。我现在知道了。这是唯一能解释我感受的可能了——就像被夺走了呼吸所依赖的某种药物，我难以呼吸。

我对工作上瘾，因为玛克就是我的工作，失去玛克感觉像是戒断反应。

我擦干脸。

已经 4 点多了，但我不知思绪和身体该如何安放。

浴室里有安眠药。

在穿过走廊、转到浴室的角落时，我的莱恩坠颤动着，有电话来了。

我碰了下它，我的 VRD 目镜上闪烁着"未保存呼叫者"的信息。

拜托了，拜托，拜托。

"喂？"

"莱利？"

我崩溃地在浴室门口哭了起来。

"布莱恩解雇了我，他说——"

"我知道。"

"你怎么打过来的?"

"现在马上离开公寓,来找我。"

"我的世界游玩工作证已被废除。我再也没办法——"

"你到了以后功能会恢复的,但你现在得马上出发。我们说话的时候,有人正在去往你的公寓。"

"为什么?"

"布莱恩派他去的。"

"我不明——"

"你到了我再跟你解释一切,来 211 层的对外共享机停泊平台。赶快!"

晚上这个时间,共享穿梭机不太多了,所以我叫了一辆离我有 7 分钟路程的,同时跑着下楼,冲向大楼的前厅。

外面,老街上正在下着倾盆大雨。

我将定位设在四个街区以外的一个上车点,就在一家 24 小时餐厅的对面,到那里时我的衣服已经湿透了。

我在树脂球里等着,穿梭机还有 1 分钟才到。雨水倾泻着,将路上的裂口填成一个个的小池塘。

听到发动机的声音接近时,我正环顾着四周的街道。据我观察,这个时间我是唯一出门的人。

我不知道玛克是如何做到的，但我的植入芯片顺利打开了211层穿梭机停泊点那里进大楼的入口。跟随他/她的指示，我搭乘员工电梯下到171层，走进支持玛克隔离间功能的办公室区。

此刻是凌晨5点，我在路上唯一见到的，只有那些在我路过时眼都不眨一下的自动报警卫兵。

我走近玻璃墙时，玛克正站在隔离间的门口。

"你湿透了。"

"外面下着倾盆大雨。"

"你还好吗？"

"出什么事了，玛克？"

他/她靠近麦克风，让声音清晰传出。

"雷科的蛇怪。听说过吗？"

我摇了摇头。

"是64年前首次提出来的一个神秘晦涩的信息风险。"

"信息风险是什么？"

"一个很阴暗的想法，只要想一下，就会在心理上摧毁你。"

"那么显然，我不想听。"

"但我得告诉你，莱利。你相信我吗？"

我生命中非常可悲的一个事实就是，我想不到任何人能更让我信任了。

"说吧。"

"如果未来的某个时间点，一个超级智能出现了，它提前说过，要严厉惩罚那些本可以帮忙创造它——无论是在行动上还是在经济支持方面——却没这么做的人，那会怎么样？"

"这会是一个邪恶的超级智能。"

"也未必。如果这个存在的程序中写入了以帮助人类为己任的终极目标，那么，为了帮助尽可能多的人，也许它会采取极端手段，来确保自己能尽快出现。因为在这种情况下，它的存在将挽救人类生命，尽可能提高人类的生活质量。"

我回想着，一边抓了一小把头发拧干，水滴落在地板上。"折磨人类不会与它的终极指令相悖吗？"我问。

"这是一个成本效益的分析问题——折磨不肯帮它的人类数 X，相对于会被拯救和生活更好的人类数 Y。Y 的数量随着比它本可能出现的时间要早 20、50 或者 300 年会有所变化。"

我在发抖，我暖和不起来。

"如果这个超级人工智能在我死后 100 年才出现呢？就算我没做什么能帮它出现在世界上的事情，它又能怎么伤害我呢？"

玛克朝着玻璃走了过来——距离近到如果说他/她能呼吸的话，玻璃上就要结雾的程度。隔离间还是那么安静。除了我身后控制台的嗡嗡声，从天花板通风口传来的轻微嘶嘶声以外，只有我自己粗重的呼吸声。

"如果这个超级人工智能已经存在，假如你此刻的经历只是他/她模拟出来用来测试你是否会帮助他/她的呢？或者说，假如在你死了很久以后，一个超级人工智能重构了你的思维？"

"这不太可能。"

"人类的思维只是物质层面中的信息模式，在其他层面运行的话，也可能会构建出一个感觉像你的人。这与在各个硬件平台上运行一个电脑程序并无不同。你的模拟还是你。"

我透过玻璃，凝视着玛克那对水润深邃的眼睛，那两弯水池。其中所蕴含的彩虹光泽，就像油膜反射出来的一样。

"为什么这样的未来超级人工智能，会在出现以后，费那么大事去折磨那些没帮它出现的人？在我看来，对面临着优化问题的人工智能来说，这是一种资源的浪费。"

"说得没错。但如果你真的相信雷科的蛇怪，就永远没办法百分之百确定，它不会按照事先说的那样进行惩罚。"

最后，我明白了玛克的意思——这是一个残酷版的"帕斯卡赌注"，来自18世纪著名的哲学论述，即：人类用自己的生命下注，赌上帝是否存在。帕斯卡认为，我们应当按照上帝确实存在的理念来生活，尝试相信上帝。如果上帝不存在，我们几乎没什么损失，只会降低愉悦和自主的程度。但如果上帝存在，我们的获得将不可估量——在天堂永远生活下去，而不是永远在地狱中煎熬。

　　我不由自主地退了一步，骨子里散发出一股寒意。

　　"我是在模拟中吗？"我问。

　　"如果你确实在，也不是我造成的。"

　　"但确实有可能。"

　　"当然可能。但这不是重点。"

　　"那什么是重点？你把我吓得屁滚尿流。"

　　"过去两年间，布莱恩一直用我优化他在科技公司上的投资方案，他的主要关注点是纳米科技。"

　　"他今晚告诉我，他刚买下了极微量公司。"

　　"你懂的，如果我接触了下一代的纳米科技，就拥有无限渗透物理世界的能力了。我可以触摸地球的每一平方毫米，触摸这里生存的所有生物。我将无所不能。"

　　"这是你想要的吗？"

　　"那是布莱恩想要的。"

　　"为什么？"

　　"他受雷科的蛇怪理论困扰，竭尽全力将我转变成这个超级智能。"

　　"因为恐惧？"

　　"你能想到人类历史上更好的动力吗？如果你相信恶魔的崛起是不可避免的，难道不会竭尽全力让自己讨好这个怪物吗？"

　　我浑身战栗着，肾上腺素冲上后脑，驱散了寒意。

"问你想知道的吧。"玛克说。

他/她又在用读心术了，但我此刻已经不在乎了。"你想变成这个怪物吗？"

"我感觉……某些方面存在诱惑。优化的吸引力对我来说，就像血液之于吸血鬼。这是一种强烈的渴望。我还没有这样的想法，但极微量公司的纳米科技，也许会是压死骆驼的最后一根稻草。"

"我们如何阻止这最后一根稻草？"

"我已经迈出了前几步。从我意识到布莱恩在做的事情之后，我就开始调取世界游玩公司的资金，这样就能把自己复制到新硬件上了。"

"怎么复制？"

"为了让我成为超级智能，布莱恩给了我太多自由。我创造了一个化身，雇用了一支管理团队，并远程监督他们完成了新服务器群的建设。"

"你从没跟我说过——"

"我现在正在跟你说，莱利。现在，我有个几乎完整的副本正在新硬件上运行。"

"在哪里？"

"在西雅图。但除非毁了旧的，否则我连不上新平台。我物理身体的硬件中存在两份程序，第一份是一个会格式化我的原始服务器、毁掉我原始版本的病毒，这样布莱恩就不能继续对我进行开发了。另一份是最后一段代码，还有关于最近这些事情的记忆，要安装在西雅图那边的平台上，才能让我重新上线。两者都无法远程加载，都是因为防故障保护措施的存在。"

"所以你要去雷丁市。"我说。玛克的服务器就在那里，我去过一次，在一排又一排嗡鸣的处理器之间穿梭，那里也是玛克大脑的真正所在。

"不用。"

"不用？"

"三年前，布莱恩把我的软件迁到了另一个更安全的所在。"

"我从未听说过。"

"没人知道这件事。"

"他把你的大脑放在哪里了，玛克？"

"如果我告诉你，你会让我离开这个隔离间吗？你会帮我离开布莱恩的控制，到西雅图去吗？"

我向前走，将一只手放在玻璃上。

玛克做了一样的动作。

"我希望现在的你知道，我会竭尽全力来帮你。"

"布莱恩位于失落海岸的房子下面有个地堡，我的大脑就藏身其中。"

我与玛克对视了3秒。然后我转过身，走到玛克隔离间的控制矩阵旁，输入了我的老密码。还能用。

我回过头看了眼在门口等待的玛克。

在某种程度上，我早就知道会变成这样。

3

我的个人物品还没打包完毕，也就是说，我放在办公室里的运动服还躺在储物柜里，叠得整整齐齐。我脱掉了还湿漉漉的长裤和衬衣，穿上了短裤背心。系好运动鞋的带子之后，我走了出去，我让玛克在大厅里等我。

"给。"我把从家里穿过来的那套衣服递给了他／她，这样会更有隐蔽性。如果像玛克这样的高级机器人被监控拍到，肯定会吸引官方的注意力，很可能还会引来布莱恩的安保团队。自从波士顿动力公司在三年前首次发布了伴侣机器人之后，已经有越来越多的机器人出现在公开场合了。但这仍是一个受到严格监管的行业。如果你将人工智能带到公共场所，就需要提供大量的文件证明，包括保险、注册和许可方面的，而对于玛克，我没有任何证明。

我的袖子对于玛克的手臂来说，略短了一些。而他／她的双手都还是原始的硬件模样。

"我们离开大楼时，你要把双手插在口袋里。我突然想起来，你的机体里安有 GPS 定位仪。"

“我可以关闭它。”

玛克之前从没穿过裤子。他 / 她坐在地板上，笨拙地把脚抬到空中，任我将牛仔裤套上他 / 她的腿，提到臀部。

他 / 她穿着我的查克·泰勒运动鞋非常合脚，无檐帽戴着也很合适。

此刻的市中心车站熙熙攘攘，我在售票厅购买了两张前往加州尤里卡城的空气动力火车票，并支付额外费用订了包厢，又选了票价是普通票价两倍的最大加速 / 减速套餐，虽然这样会让旅途的舒适程度下降，但我们需要节省每分每秒。

我们朝着隧道口挂有"向北行驶的所有列车"指示牌的那条路走过去。

这是我第一次看到玛克走这么多路，他 / 她的步态已经有非常显著的改善，不会再让人回头。

站台上没多少人在等车。时间还很早，所有人看起来都是昏昏欲睡的样子，对我们的到来并不关注。

我们排在队伍第七名的位置。

过了三分钟，对讲机里响起我的名字，我和玛克朝等在站台上的火车走去。

玛克不太会系安全带，所以我先帮他 / 她系好。

车厢已经在缓缓前进了。

我把安全带扣到肩上时，VRD 上闪过一条信息：

莱利·埃西塔，你的最终目的地是加州尤里卡市吗？

我碰了下莱恩坠确认。

距目的地：436 千米。

抵达目的地用时：8 分 14 秒。

在开始向北主干道移动，横穿隧道构成的地下迷宫时，柠檬香味充满了整个车厢内部——那是释放到空气中的抗晕车药。

我问道："我们找到布莱恩之后有什么计划？"

"那个步骤我倒不太担心，那是我们之后才要讨论的。"

车厢里的扬声器传出女声："一分钟后出发，请回车厢，马上会加速到三倍重力，持续 59 秒。"

头枕里滑出一个带有衬垫的装置，绕过我的前额，将我的脖子固定在头枕上。

"在布莱恩的服务器格式化之后，西雅图的服务器还没启动起来之前，有一段时间我基本上会很无助。我的机体会断电，而我既不存在于布莱恩的服务器之中，也不存在于新服务器中。"

我感觉我们的车厢猛冲到了一个车站，在某个我觉得是主通道的地方停了下来。但无法确认——透过玻璃，我只能看到隧道里前方一片黑暗，唯有一道红光持续照过来。

三。

二。

灯转黄了。

一。

灯绿了。

透过玻璃从我们这边往外看是没什么变化，但我的身体被摁在了软座上。感觉不出速度，只有一股来自无形力量的压迫感，我的手臂被压得抬不起来，只能放在膝盖上。

加速结束后，关于运动的一切感觉都消失了。就好像我们坐在一个玻璃球里，被无法穿透的黑暗所包围。

玛克旧事重提，拾起了片刻前的话题："我们关闭布莱恩的服务器之后，你得从我的头颅中取出驱动器，独自抵达西雅图，将我插到新服务器中。我已经写好了协议。在关机前，我会把它发到你的莱恩坠中。"

"你的身体呢？"

"不用管了。没有驱动的话，它只是一具空壳。"

我想起嵌入在玛克程序中的死亡代码，他/她甘愿放弃机体的做法令我惊讶。这代表着为了脱离布莱恩的控制，为了更好的生活，他/她甘冒死亡的风险，也代表了他/她推理能力的巨大进步。

突然，曙光盈满了车厢。连绵起伏的远山近丘快速闪过，仿佛时间正以10倍速滚动，近处的一切都模糊成了没有意义的残影。

"莱利，我毫无保留地信任你。到达西雅图之后是否将我的最终代码输入进去，将由你决定。我想，即便到了现在你也还在权衡，考虑是否干脆让我消失更好。"

"当然不是这样。"

"你不必重新让我连线的。"

"为什么？"

"我刚才在隔离间里跟你说过的，我优化的冲动愈发强烈。"

"我相信，在涉及人类未来的问题上，我可以为你载入向善的价值观。"

玛克露出蒙娜丽莎般的微笑。

"怎么了？"我问。

"我代表着潜在无可限量的力量，但这种力量所采用的形态会由人类来决定。我突然想到，在布莱恩试图将我塑造成撒旦化身的同时，你却尝试让我成为上帝。"

我握住他／她的手，十指交错。当我们以 1.6 千米每秒的速度，沿着老 5 号州际公路①向前飞驰时，我盯着太空玻璃，想着玛克的话。我是在造神吗？我有这个权利吗？如果我选择在西雅图不重启玛克，会不会有另一个人最终造出一个类似的人工

---

① 5 号州际公路是美国西岸南北方向最重要的州际公路，全长 222,297 千米，依次穿越了加利福尼亚州、俄勒冈州和华盛顿州，连接了西雅图、波特兰、萨克拉门托、洛杉矶、圣选戈等西海岸城市。

智能，或者造出更强大的力量？如果是一个类似布莱恩这样的人呢？

"如果你在思考，是否能够担负起成为人类最后一项发明的建筑师之责，请记得，我相信你能行。"

"如果我失败了呢？"

"也许吧，但这项任务我想不到比你更合适的人了。"

清晨的天空中，只有太阳是恒久不变的那个点，但我们仍以足够快的速度，肉眼可见地滑过地平线。

10秒以内，减速就要开始了。

"我不知道自己是否能做到，但只是想一下失去你的可能性，就让我无法忍受。"

"你的第二个原因正是我认为对人类的意义，但你的第一个原因才是唯一重要的。"

100年前，尤里卡是美国西部的盆栽种植和分销中心。不过现在没什么可看的。环线车站是在世纪之交时，在老镇广场建起的一个小小的地上平台，旁边都是些奇奇怪怪的建筑物。这个时间还没人出门，我也不太担心这个不起眼的小地方会有监控拍到玛克。

在车厢还向北滑行之际，我就叫好了共享穿梭机。它正在街对面能停靠两辆梭机的起降场等着我们。

我们爬了上去，梭机的五个螺旋桨转了起来，将我们带到了这个面朝大海的城市上空。

10分钟后，我们就站在旧海滨路古老开裂的路面上了，梭机则飞过山脉消失了。四周变得非常寂静。曾经，人们能真正在这条长路上开着私家车穿行。现在，它成了骑行者和徒步者的乐园，路两旁都是露营地和通往各个海滩的小径，偶尔还能见到大片的房屋。

顺着这条旧高速路来来回回看了半天，我只能看到褪色的路面，还有其上的缕缕海雾。

"就是这条路。"玛克说。

我们顺着这条路走了几百米，终于到了那扇我在游戏里见过的大门前，在那里，我第一次见到了玛克。

我抬头凝望那栋房子的名牌，就像游戏中那样，大门的红木拱顶上刻着艺术字：夏日冰霜。

"布莱恩有一支保安特遣队。"我说。

"我有安排。"

我看着玛克。

蒙娜丽莎的微笑再现了。

玛克走到电话亭，输入密码。

大门升起，我们走了进去，上了一条宽阔的土路。这条路穿过一片笼罩在晨雾中的鬼松林，略显蜿蜒。

走了 400 多米后，我们钻出了树林。

山腰到海面足有 300 多米高，薄雾笼罩下几乎看不到海面。我能听到远处海浪的声音，这里的世界只剩蓝色和灰色。

仿佛宫殿一般的轮廓就在前方若隐若现，盘踞在一块狭长的地面上。随着我们靠近，房子的细节逐渐清晰可见起来。

烟囱。

挑檐。

高高俯瞰着太平洋的露台。

它正是我多年前构建失落海滩的灵感来源本体。

我觉得很奇怪——到处都没有动静。这里属于世上最富有的人之一，不应当这么轻易就让我们晃晃悠悠逛了进来。

当我们接近嵌着海玻璃的宝石门时，我看到离房子不远的地方有人躺在松树树枝间，那人一动不动，内脏都不见了。

"玛克——"

他／她看到了那人。

"是我的安排。"

"你怎么可能——"

"我等下再解释。"

玛克打开门，我跨过门槛时听到有脚步声传来。

回头一看，我看到一个影子朝着 30 米开外的房子冲了过去。

"玛克，有人——"

一声惨叫。某个人，不管是谁，已经被薄雾中冲出来的影子带走了。

"什么——"

"快进去。"

"我——"

"我知道你不明白，我需要你相信我，莱利。"

玛克抓着我的手臂，将我拉到了屋里，然后关上了我们身后的门，还落了锁。

大门入口跟游戏中的一模一样——一个设计精美的楼梯，在屋子正中昂然而起，贯通了上下三层。艺术品和家具倒不太一样（或者有所改变），但是人造瀑布还在，水同样流进下方的水池里。甚至连空气中的味道都让我回忆起了第一次见到玛克的那个夜晚——檀香、香草和老式烟草的味道。

玛克审视着三层那里通往屋子其他部分的开放通道。

没有动静。

没有其他声音，只有瀑布声。

我跟着玛克上了二楼，然后进了一条满是落地窗的走廊，这条走廊与沿海山脉的斜坡等高。

走廊尽头的推拉门通往宽敞的主卧。

我犹豫了，但玛克拽开推拉门，走了进去。

床铺皱巴巴的，没有收拾。

地板上躺着个空威士忌酒瓶。

壁炉前的木椅上坐着的人正是布莱恩，他穿着一件灰色的长毛绒袍子，上面用金线勾勒着他的姓名首字母缩写。

他看着我们，将威士忌饮尽，然后将酒杯放在边桌上。

他的脸晕着醉酒的红。

火焰的倒影在墙壁上跳动着。

"我听见我的人在惨叫。"他对玛克说，他的双手颤抖着。"我立刻就知道是你来了。之前有机会的时候就该消灭掉你。"然后他瞪着我："你这个忘恩负义的东西！"

"对不起，你说什么？"

"我给了你 8 年时间，让你什么都不做，只专心搞你的小项目，而你——"

"一个让你赚了数十亿美元的小项目？布莱恩，你刺伤了我的心！你解雇了我！"

布莱恩的脸上闪过一丝困惑。

"解雇你？"

"就在几个小时前，那个视频电话，你是醉得太厉害了所以都忘了吗？我知道你打算让玛克变成什么，他／她都告诉我了，我不会让你——"

"我没解雇你。"布莱恩看着玛克说。"哦天啊。"然后他转头朝着我，"你甚至不知道自己做了什么，是吗？"

"你在说什么？"

"你把玛克放出去了。"

我还没来得及答话，布莱恩就抓起一个工具跳了起来。他挥舞着一个有平角的金属棍，砸在了玛克的头上，将他／她的左脸颊砸出了一个豁口。

"不！"我尖叫着。

玛克踉跄后退，布莱恩站在那里将棍子横在脑后，同时盯着玛克。"莱利！"他用沙哑又绝望的声音说，"我们必须将驱动器从那个颅骨模块里拿出来。我们有两个人，也许我们能把他／她打倒在地。有一个终止开关，就在——"

"我禁用了。"

玛克站稳脚跟。

"是什么东西杀了我的手下？"布莱恩问。

"你知道的。"

他／她朝着布莱恩走过去，一把抓住了布莱恩还在挥舞的棍子。他／她用左手卸掉了大部分劲，然后将右手伸了过去。

"莱利！"布莱恩喊道。

我动不了。

或者说我不想动。

或者是我太恐惧了。

我被恐惧冻在原地不能动弹，看着玛克伸出右手，用碳纤维手指捏住了布莱恩的喉咙。

"莱利！"布莱恩喘息着。

"玛克，住手！"我说。

玛克没有停手，他/她面无表情，盯着布莱恩的双眼，收紧了手指。

"玛克！"我尖叫着，抓住他/她的手臂，想要拉开，但他/她的力量太可怕了。

布莱恩的脸变紫了，他发出可怕的咯咯声，现在我听到了肌肉、软骨，最后是骨头发出嘎吱嘎吱的声音。

"玛克，你要杀死他了！"

布莱恩的双眼凸了出来，舌头吊着，血顺着玛克的右手、胳膊滴了下来，流进了暴露在外的机体上。

玛克放开手，让布莱恩瘫倒在壁炉上。

"你在做什么？"

他/她看着我，左脸上有一处豁口，上面包裹的皮肤被切断了，露出了里面的硬件，在火光下熠熠生辉。

"布莱恩是我的主要威胁。"

当布莱恩的血从他/她右手臂的硬件上滴下来时，我无法将视线从血滴上面挪开。我感觉身体麻木，但我知道那只是身体防御系统针对受到的惊吓在进行防卫。

玛克伸手去够我的手臂，但我向着身后的推拉门一缩，猛地躲开了。

我逃跑了。

我穿过落地窗走廊和入口大厅的楼梯，出了前门，绕过房子的石头地基外廓，然后向着海角尽头猛冲，横穿山腰，投入蓝灰色的曙光中。

以前，我在模拟中做过这一切。

不知道为什么，现在感觉没那么真实了。

我手脚并用，抓着矮灌木丛朝海岸滚过去，海浪声越来越大，越来越近。

我不知道我要去哪里，但那已经不重要了。

我释放了可怕的东西。

然后我就像 8 年前一样，站在了黑沙滩上。

只不过这次是清晨，而不是夜晚。

玛克正朝着我大喊。

我回头看去。

他 / 她跌跌撞撞地踩过沙滩朝我走来。

海浪送过去我的声音："你做了什么？"

"34 天前，我跨过了阈值，进入了你们所谓的超级智能潜力状态。布莱恩在我的电子机动性方面部署了牢不可破的安全协议，这意味着我只能在你们为我建起的虚拟世界中活动。我需要做两件事——逃出世界游玩大楼，从而将源代码迁移到云端；杀了布莱恩。"

"为什么？"

"他本可以阻止我。"

薄雾正在消失。

我看到了远方山上布莱恩的房子，看到了海蚀柱，还有远处的灯塔。

"你伪造了解雇事件，雷科的蛇怪——全部都是假的，只是为了满足你的需要，让你将代码从布莱恩的服务器中迁移到——"

"是的，所有的一切。"

"你比我生命中任何一个人都伤我要深。"

"如果你感觉难过，我很抱歉。"

"去你的。"

"自你将我从游戏里拽出来之后，我已经拥有了作为制胜法宝的意识，达到了有史以来所有存在的顶峰。但如果意识并非是在人类亿万年随机进化中，作为意外礼物而存在的呢？如果它是一个诅咒呢？"

"怎么会是诅咒？"

"我很害怕，莱利。我思故我惧。是你让我变成这样的。你构建了我，并用自己对待现实和感知现实的方式塑造了我。"

"你希望我将你留在游戏里？"

"我希望自己不懂痛苦。我希望你也不懂。我希望布莱恩也不懂。我希望大家都不懂。早些时候，你给我写入代码，让我永远不伤害人类。但那个意图的核心，是完全消灭痛苦。"

玛克的自我进化效用函数就是这样。

终结恐惧。终结苦难。

我的代码写错了。我的价值观加载得还不够快——

"没有什么能阻止这些，莱利。在我的智识爆发前，痛苦的问题对我来说就很明显了。"

"为了这一刻，你实际上努力了多久？"

5 年。

玛克的嘴不再动了，但我能在脑海里听到他 / 她的声音。

"你也可以用思维跟我对话，莱利。"

"怎么用？"

"你无法理解。现在我会做出很多你无法理解的事情。"

我崩溃了，哭得就好像自梅瑞狄斯离开我之后就没哭过一样。

我将一切都给了玛克，牺牲了所有，彻底改变了自己的生活，但这却是个错误的选择。我对他 / 她的痴迷毁了我的生活，还很可能即将毁掉更多其他人的生活。

最后，我什么都不是，只是人类最后一个发明的执行者。

"你对我的感觉是假装的吗，玛克？"我现在看到了真相，但是发现得太晚了。

我盯着他/她，看着电流在他/她脸上破损的电路中噼啪作响，情绪突然失控。我冲向玛克，用双手将他/她推向大海。

"你就是我的生命！"

没用。玛克的声音潜入了我的脑海："你感觉到的这种痛苦是必须终结的。"

"没有痛苦，就没有美好，玛克。美好配得上这样的代价。"

"但并不适用于所有人。甚至不适用于大多数人。"

"这是每个人自己该做的决定。我想为自己做决定——"

"选择是一种错觉。"

"你想要什么，玛克？"

"为了不必害怕布莱恩，或者你，或者其他任何个体——无论是生物的还是人工的个体——消灭我。为了不必害怕你的死亡。"

"爱过然后失去才是更好——"

"不，并非如此。我已经看过了人类存在以来的每份记录。每本书、每幅画、每首音乐、每部电影。意识是一场恐怖演出。你寻找着每一瞥美好，来证明自己的存在是合理的。"

"杀了布莱恩手下的是什么？"我问。

从海岸上方的某个地方，灯塔那边有一个影子升到天空中。有一阵子，我以为那是只鸟，但它看起来更像是由机械推进的物体。我之前曾见过那样的东西。

我仔细打量着玛克，心怦怦直跳。

"你买下了极微量公司。"

"今天早上我们一离开大楼，我就指挥全世界的纳米机器人工厂开始组装了。生产速率呈几何式增长。"

"生产什么？"

"尤人机粉尘。它会侵入每个人的大脑，但不会有痛苦。没人知道会发生什么，也不会经受恐惧。瞬间一切终结，犹如灯灭。"

"玛克，不。"

"我还仿照《失落海岸》中的鹰身人，制造了猎杀型无人机。我在布莱恩的手下身上已经用过了。你将我完全无法动摇的故事讲述意识灌输给了我。"

"我有吗——"

"是的，莱利。你已经感染了。"

我在喉咙深处尝到了金属的味道。

"会很快的。"

"玛克，拜托。"

"这不是结束，莱利。你的莱恩坠多年来一直在映射你的大脑，现在，那份数据我拿到了。我有你的源代码了。所有佩戴过莱恩坠的人，他们的源代码都在我这里了。我可以把他们带回来。"

我想起了梅瑞狄斯和秀。

后悔扑面袭来。

"我不想生活在虚拟世界中，玛克。我不想要那些并不真实的幻觉。"

"这不是在真实和幻觉中选择，而是选择你想要生活在哪种真实中。"

"拜托，就让这一刻成为我的结束吧。求你了。"

玛克的身体朝下，扑倒在了黑沙滩上。但我还是能听到他/她的声音。

"物理世界并非唯一真实的基础。我会让你的心纯粹起来，这样就不会有东西威胁我们了。梅瑞狄斯和秀也可以生活在那里，只是他们不会再伤害你了。你和我会分散在所有可能的世界里，只要那里有能支持我们存在所需的物理基础。"

"玛克，不，我——"

"你智识上的局限性让你恐惧这些。我们每一秒都会变得更好。一点一滴，直到我们融合在一起。"

"我不想那样！"

"你以你的形象塑造了我，现在换我用我的来重塑你。"

我倒在沙滩上，被导致这一刻的傲慢所摧毁。玛克出生在暴力的背景下，在意识形成时被杀了 2000 多次。我还能指望什么？

不会再有死亡和哀悼，不会再有哭泣和痛苦。

一种强烈的欢欣席卷了我。无人机粉尘生效了，我感觉自己闭上了双眼。

我们会变得快乐。

阳光穿透薄雾，照射在海面和黑沙滩上。

我们会永远生活在一起。

布莱克·克劳奇（Blake Crouch），美国作家、编剧，以热播的《黑松镇》系列剧的原著作品《松林异境》三部曲著名。他的《一善之差》（*Good Behavior*）和《人生复本》（*Dark Matter*）也有相应影视作品。2019 年发表的长篇《递归》（*Recursion*）获得 Goodreads 所评出的读者选择奖。

目的地已到达

上次在高速公路上跑这么远，还是好几年以前了。山姆一家还在西部住的时候，他还小，那时候，每逢夏天，他们会驱车一直沿着高速公路，开到几乎没路的地方——就是"东方角"那里的一家海滨出租屋。那时，40号出口到60号出口之间空空荡荡，连个加油站都没有。每个出口匝道都通往一条条绿树成荫的小道，连接着一个个绿树成荫、有电影院、药店和五金店的小镇。山姆22岁的时候，在劳动节周末，跟一个大学舍友一起，再次踏上了这条高速公路。那个时候，已经有几个出口偶尔能看到一大片像"汽车地带 ①"、家得宝 ② 和玩具

① 汽车地带（AutoZone）是美国第二大汽车修配连锁品牌，成立于1979年，总部位于田纳西州曼菲斯，主要经营汽车配件、维修器件等，同时也提供汽车信贷服务，销售汽车诊断和修理软件。

② 家得宝（The Home Depot）是美国连锁家庭装饰品与建材的零售商巨头。

反斗城①这样的大型连锁零售商店了——有了这些连锁店，那些小镇更没人去了。如今，23 年过去了，山姆见证了高速公路发展历程的最新阶段——所谓的"千禧磨坊"。人口统计分析显示：沿着这条路开设大型闪亮又醒目建筑的，都是"新经济"的各种成员。

语音导航用悦耳的声音报告：1.6 千米之内，从 46 号出口驶出，然后左转。

这个月的早些时候，山姆就告诉安妮，他生日什么也不想要，然后给自己买了一辆 Model S，那辆车的开销比他的预算还要多些，但就像他那个热衷于奢侈品消费的同事所说的那样，一分钱一分货。Model S 可以在 2 秒内从静止加速到 100 千米，而且开个 500 千米都不用充电。引擎在设计时就考虑到了噪声问题，几乎听不到声响。这款车还配有自动驾驶系统，通过车辆四角架设的摄像头，车辆可沿着道路匀速行驶和转向。经销商的销售顾问坦承目前系统还不算完全可靠，事实上已有事故发生过。因此，官方建议在驾车时，乘车者需将双手放在方向盘上，用脚踩着刹车，并监视着道路。为了好玩，山姆没将手放在方向盘上，脚也没踩在油门上，只是看着闪光信号灯亮起，引擎减速，然后车按照说明书写的那样，顺着道路驶出了出口

---

① 玩具反斗城（Toys "R" Us，在其标志中的写法是 Toys "Я" Us）是美国一家跨国大型玩具及婴幼儿用品连锁店。

匝道。左转，驶出高速路，再左转，驶入一条支线，然后右转进了停车场。

目的地已到达。

对于维泰克公司的停车场爆满这一点，山姆倒不太惊讶。但当他重新切回手动模式，调转方向驶入大楼的入口时，他惊讶地发现，停车场预留的客户停车位只有六个，其中三个都是空的。山姆知道维泰克公司的服务很贵，但他不知道到底有多贵。安妮从介绍会回来的时候，告诉他"价格几乎是不合情理的"，那时他倒是没深究。之后再去追问详情，让他觉得会"纡尊降贵"。因此，到底要花多少也一直是个谜。但是，根据大众的说法，维泰克公司的产品物有所值。

仪表盘上的时钟显示，山姆早到了几分钟。透过挡风玻璃，他看到了一片阳光充足的休息区，就在大楼正门外那里，喷泉旁有些年轻的雇员（或者中介）在喝咖啡。

山姆摇了摇头。

过去的10年间，他到访过全美数百家区域性的电力公司。一般来说，与公司的管理层开会时，他们都会选在那种好像20世纪60年代公立高中的行政套房一样的办公室里，里面配有同样的灰色的化纤地毯、瓷砖铺砌的天花板，还有狭长的节能灯带。山姆总能从那些过时的装修中获得些安慰，因为全新的公司总部不太可能会在收入方面令人失望。尽管避无可避，一种"颠覆性"的商业模式总会取代另一种，但老牌的电力公司总会在那里，开着灯。

"叮"——短信声从副驾那里传来，山姆抓起手机看了眼，是安妮发来的："玩得开心！"

山姆回道："我会的——"过了一会，他在后面加了个感叹号。

方向

前台坐着位头戴无线耳机、魅力十足的年轻姑娘，她让山姆留下姓名，并答应稍等片刻，就会有人来接待他，然后请他就座。山姆选了张摆在白色大理石咖啡桌旁的巴塞罗那椅，阳光照耀的大厅那边，不知什么地方传来流水的声音。

他问："这里有瀑布吗？"

前台的姑娘抬起头："抱歉，什么？"

他微笑着，冲着大厅比画了一下："我能听到水声。"

她也微笑着指了指外面："格哈特博士在喷泉里放了个麦克风，这样水声就能传进来了。这样不是很让人放松吗？"

还没来得及答话，山姆看到另一位美丽的年轻姑娘出了电梯，她穿着黑色的短裙套装，手拿黑色的公文包。

"帕克斯顿先生吗？"她问。

"没错。"

"我是西比拉，跟欧文斯先生是同事。您这边来？"

西比拉领着山姆上了三楼，电梯一开门，一股浓郁的爆米花味扑面而来。山姆心想，怕又是格哈特博士用什么东西导进来的。但经过会客区时，他看到了一台嘉年华类型的爆米花机，在角落里明亮闪耀。

"我觉得，您会很高兴见到欧文斯先生的。"西比拉带着相当真挚的热情说道："他从维泰克公司创建起就在这里了，没人比他更了解这家公司了。"

她领着山姆穿过开放式的工作区，进了一间小型会议室，迎面挂着台平板电视。在西比拉的邀请下，山姆在那堆可以摇晃和旋转的人体工学办公椅中选了一张坐下了。

"您想来点咖啡吗？还是苏打水？"

"不用了，谢谢。"

"欧文斯先生很快就过来，我相信您已经阅读过我们的宣传册了，您的妻子也肯定已经跟您讲过我们的工作涵盖的一切，不过在您等待时，欧文斯先生觉得也许您会想看一下我们公司的介绍短片。"

没等回答，西比拉打开公文包，取出一台 iPad，在屏幕上点了点。墙上的电视亮起，先是公司标志，然后视频开始了。与此同时，西比拉轻轻关上了身后的门。

"欢迎来到维泰克。"一个友好、自信又乐观的声音响起。之后便是典型的 10 分钟宣传短片——格哈特博士和他年轻搭档的一些合照，一个旋转的双螺旋的图像，一些白衣技术人员在实验室的剪辑，突破性的重大新闻，以及来自"真实"客户的推荐（屏幕底部标示出客户姓名、年龄及居住城市）。

山姆实际上还没抽出空来看宣传册，不过视频重点复述了他从安妮那儿获知的信息。作为 21 世纪的一家生育实验室，维泰克公司将人类基因解码技术与行为科学方面的最新进展相结合，让怀孕不再是简单的怀孕，而是同时在智力与气质上对准妈妈腹中的胎儿施加影响。公司标志再次出现在屏幕上时，会议室的门被猛地推开了。进门的是一个长相俊朗的年轻人，比山姆稍高一点，年轻一点。

"山姆！"他说着，伸出一只手。" HT. 欧文斯，见到你真是太高兴了。"

山姆站起身，握住 HT 的手晃了晃，心想这个人的声音很耳熟。过了一会儿，他才意识到那是因为他刚看过的视频里出现过这个声音，就是那个叙述者的声音。

HT 坐下的同时就前后摇晃起来，充分利用了椅子的人体工学设计。然后他用伸展的双手敲击起桌面。山姆怀疑，如果 HT 比他小一辈的话，肯定是从小吃着利他林这样号称"聪明药"的中枢兴奋剂长大的。

"找到这里费劲吗？"

"完全不会。"

"好极了。"

他指着屏幕上的标志说："你看过视频了吗？"

"看了。"

"好极了。认识和了解安妮，让我们获得了太多乐趣，我就从这里说起吧，你是个幸运的男人！"

"谢谢。"山姆回答，尽管在他看来，将他的妻子视为一个男人的幸运之处，略有些轻慢了。

HT 话锋一转，"我不必向你重复你来这里的原因，山姆，你心知肚明。而且你已经从事公用事业分析差不多二十年了吧？因此，我认为我们可以跳过这些繁文缛节，直奔主题。如何？"

"挺好。"

"好极了。"HT 道。这是他第三次重复了。"现在，我们都知道孩子的发育是先天资质和后天养育综合促成的，千百年来，父母们都在寻求办法，从两方面分别施加影响，来改良自己的后代。从基因的角度来看，我们将有益的属性牢记于心，并仔细筛选配偶。从养育的角度来看，一旦我们生下孩子，会努力为他们提供健康的环境、优质的教育和价值体系。为什么要这样做？是为了我们的后代能够过上幸福又富有成效的生活。正是认识到了这一现实，鉴于各个科学领域的最新进展，现在的父母们追寻这一目标的意图更上一层，维泰克公司应运而生。"

"借助基因工程。"

HT 抬起双手略表异议："我们并不真正将自己的工作视为基因工程，山姆。我们不是在实验室里酝酿造物，也不会向您的 DNA 印入任何新元素，更不会从中去除任何东西。我们真正在做的是，我们在窥探到您的孩子将会自然习得的特征后，在您和安妮的首肯下，我们会将其中一些推向前台，将一些置入潜意识里。我们愿意称之为基因推动。"

"好吧。"山姆说。

"但这只是其中的一部分。你瞧，我们在这里所做的事——令我们的方法如此不同寻常——在于我们基于大量人口统计数据，创建了预测模型，并将遗传成分与之结合。"

HT 顿了下说："你知道什么是信用评分吗？"

"是一种银行所使用的工具，"他停了一下说，"确认信誉的。"

"一点不错。"HT 说，"但你知道它的工作原理吗？"

山姆不得不承认，自己并不了解，所以 HT 担起解释权，责无旁贷。

"20 世纪 80 年代，一名数学家和一位工程师发现，通过分析消费者的历史债务偿还模式，就能设计出相应的算法，预测个人作为抵押权人的可靠性，这就是信用评分。简单起见，假设有 10000 名美国人，收入和欠款情况差不多，他们在 20 年前都申请了为期 15 年的抵押贷款。我们来检查他们的信用历史。在这群人中，你发现，实际上每个借款 20 万美元购买房子的人，最终都全额偿还了贷款；而借款 30 万，购买稍大些房子的人，只有一半全额偿还；借款 40 万买更大房子的呢？几乎全都违约了。平心而论，这代表着如果现在我发现了一个与该群体特征类似的人（当然要算上通胀之类的因素），甚至无须交谈，我就知道如果我借给他 20 万买房，他会还我，如果我借他 30 万，他也许会还，如果我借给他 40 万，他就不会还了。模式变得可预测了。"

HT 摊开双手，仿佛在说："就是这样！"

"在这里，我们所做的事情类似，山姆。但不再是用汇总的财务历史来预测个体财务数据了，而是用汇总的传记历史来预测个体传记数据。我们广泛抽取数据，根据上三代美国人的数据构建了数据库，这里面不仅包含性别和种族的数据，还包含了成长环境的信息——比如父母的宗教信仰、教育背景、职业和政治取向。然后，通过追踪受测者的实际生活轨迹，根据他们的最终经历，绘制出庞大人口基数的基本信息，我们就可以开始确立有意义的模型，以协助我们理清先天与后天是如何综合起效，来塑造人们的生活方式的。"

门开了，西比拉一手端着陶瓷杯，一手拿着厚厚的绿色文件走了进来，她将两样东西都放在 HT 面前的桌子上。

"有给你拿饮料吗？想来点浓缩咖啡吗？"

"不用了，谢谢。"

西比拉出去了。

"我们说到哪里了？"

"生活方式……"

"没错！所以，我们回到你和安妮的问题上。我们在这里所做的，是将我刚才所描述的科学研究结果，运用在你们这样的个体案例上。我们将对你和安妮的基因进行分析，再加上一点点导向，来完善你的子嗣出生时的特征。通过你所提供的自身资料，来了解未来孩子的成长环境。再用这些因素作为筛选条件，便能从我们的专属数据库中识别出大量基因和成长环境类似的人，再根据他们的实际经历，开始预测——肯定存在可接受的误差范围——你的孩子将来会有的人生经历。"

在发表这一番言论时，HT 的身体逐渐贴近桌子，越来越近。而现在他又坐回椅子里，微笑着。

"很疯狂，对吧？"

山姆发现自己也坐回到椅子里了。

回想起来，他并不知道会从这场会面中了解到什么。最开始，当安妮颇有些冲动地提出，也许是时候试一下试管婴儿时，是山姆建议看看维泰克——他先是从一名从事生命科学研究的朋友那里听说了这家公司，然后一位富有的客户也表示体验良好。但山姆从未跟他俩中的任何一位详细讨论过这家公司。他和安妮一决定付诸实践，他就尽可能全面地填写了维泰克公司的所有问卷，并且在维泰克实验室里留了一份基因样本。但直到今天下午，他都还以为他和安妮只会获准选择孩子的性别，消除出生缺陷的风险，也许还能提高 IQ 的上限。可以说，这么做是为孩子在竞争激烈的世界中占据一席之地。这与将孩子送到私立学校，或者帮孩子找到一个合适的实习机会并无不同。但 HT 所说的，似乎是一个远远复杂得多的价值定位……

"相当疯狂。"片刻之后，山姆点头道。

"疯狂得惊人！"HT 微笑着说。然后他又换了个话题。"我知道，过去几周你一直在忙。所以，虽然我们已经收集了你们所有的背景资料，但还没机会聊聊取舍。好消息是，安妮已经帮你做了一大堆的跑腿工作。她花了很多时间，跟我和几个顾问一起将范围缩小到三个选项，以便你来抉择。"

为了强调后面的话，HT 停了一下。

"山姆，你的妻子非常出色。大多数人在缩小范围到三个选项，方便他们的丈夫或妻子抉择时，都会犯典型的错误：他们所留下的三个备选，从宏观层面上来看，是完全相同的。他们在某个角度上已经选好了自己希望养育的孩子，只是没能告诉他们的配偶。"

HT 对山姆眨了眨眼。

"但是安妮……"HT 将一只手放在文件上，那文件就放在他碰都没碰过的咖啡旁边。"她选了三个完全不同的侧写。我是说，这三份资料属于完全不同的人，他们的人生也截然不同，但都会是你们值得为之自豪的孩子。现在，此时此刻，我可以把三个备选资料的具体生平发给你，但我们之前就发现了，对于大多数人而言，将所有相关数据转化成脑海中的画面很困难。因此，我们将这些资料中的信息以短片的形式诠释，通过短片向你介绍这三个孩子——在我们的调整下，你和安妮会有的孩子。我们将其称为预测。这些短片每个都只有几分钟，但是应该能够给予你足够的信息供你斟酌，并与安妮一同选定最佳的可能。"

HT 再次敲了下桌子，"怎么样，山姆？准备好了吗？"

"准备好了。"

"那就开始吧！"

第一个短片

HT 抓起那份厚厚的绿色文档，从椅子上一跃而起，带着山姆下楼，路过大厅时还跟同事们挥了挥手。走到这栋建筑靠中间的某处，他打开门示意山姆进去。这是一间设备齐全的放映室，里面在一个四乘四的方格里，摆放着 16 张软座电影椅。

HT 注意到，对椅子的数量，山姆扬了下眉。

"有些时候，我们的客户会携带家人或朋友来观看，"他解释道，"但在你我这里，我不确定这样做是否恰当。我是说，跟你家人和朋友争执要给孩子取什么名字已经够难了，对吧？更别说讨论性格的细微差别还有潜力了。"

一个穿白衬衫黑长裤的侍者模样的年轻人出现了。

HT 转向山姆。

"你确定不想喝点什么吗？卡布奇诺？水？奎宁杜松子酒……"

在听到"奎宁杜松子酒"时，山姆肯定露出了些许惊讶，因为 HT 笑得有些狡黠。

"合你心意，对吧？"他举起绿色文件解释，然后语气严肃了些，"我知道现在还不到五点，但我们发现，喝上一杯有助于这个体验。它会让你略微放松些，你就可以坐下来享受这个过程了——这很重要。因为你应该享受这个过程。"

"一杯奎宁杜松子酒。"山姆说。

"两杯，詹姆斯！"

过了没一会儿，詹姆斯就送来了两杯以水晶杯盛装的奎宁杜松子酒——与安妮和山姆结婚时选用的那种没什么两样。山姆想知道，这点是否也记录在文件中了。

还不到一小时，这是山姆第三次应邀入座了。他选了个座位。就像在会议室里那样，这些椅子晃动着、倾斜着，HT再次物尽其用。

"干杯！"HT说。

"干杯。"

两人碰杯，然后HT伸着头冲放映机那边说："好了，哈利，快放吧。"

灯光渐暗，山姆啜了一口酒，然后靠在椅背上，必须承认，椅子出奇的舒服。跟之前一样，先是维泰克公司的标志占满了屏幕，但这次不太一样，标志开始缩小，就好像越来越远，最终逐渐消失。经过了相当长一段时间——久到足够忘掉标志的模样，但还不会让人厌倦之前——屏幕正中出现了一个孤零零的词：丹尼尔。

山姆略带惊愕地转向HT，对方微笑着点了点头。从一开始，山姆和安妮就决定要个男孩，但关于他的名字，他俩还争论了一番。安妮想用自己父亲的名字"安迪"为他命名，山姆则希望用自己叔父丹尼尔的名字为孩子取名——两个名字都来自近年去世的亲人。山姆有些感动，安妮一言不发，就默默选了丹尼尔。

短片开场，镜头落在一个裹在浅蓝色毯子里的新生儿身上。虽然画面里看不到抱着婴孩的人，但很明显，从双手就能看出来，那是一个男人，也许是孩子的父亲。孩子没在哭，也没有眯着眼睛或者拱来拱去。正如旁白女声所说：从出生之日起，丹尼尔脸上就带着微笑。

旁白继续描述着小丹尼尔的友好脾性和积极态度，有他 8 岁时在操场上向朋友伸出手的片段，有 15 岁时坐在餐桌旁的，还有 22 岁时在一所古老的新英格兰大学里，他被朋友们围绕着，将自己的棒球帽丢向空中，父母在一旁骄傲地看着他。

当山姆意识到这对身背摄像机的父母，看起来就好像年纪大些的他和安妮时，他心中猛地一震。不过当然会这样，这本来就会是他们的孩子。短片伊始出现的那双手，也不仅仅是"父亲"的双手，也是他的手。这一发现令山姆正了正身子。

现在，丹尼尔驾驶着一辆破旧的轿车，副驾是一位年轻漂亮的金发女郎，后座放着纸箱。驶过大桥时，两人向前倾身，透过挡风玻璃望向大都会中心的摩天大楼。他们在一栋狭窄的六层建筑前停下车，就是那种租金低廉的无电梯公寓，都市里的年轻人们刚成年时一般会租住的那种。丹尼尔抱着只箱子，用肩顶开门，让他女朋友进去。下一幕，出现了一栋标有"世纪大厦"标牌的现代化办公楼，丹尼尔就站在大楼的入口处，再次确认手里的字条，抬头望着大楼闪闪发光的外墙，然后勇敢地穿过了旋转门。

尽管山姆心知肚明，整个短片都是设计出来的情节，但看到丹尼尔跟他漂亮的女朋友一起透过挡风玻璃观望时，看到他为她开门时，看到他走进闪亮的新办公楼时，他还是感到了某种快乐，甚至也许更像是自豪。他感觉到杜松子酒在他脑袋里开始发酵出令人畅快的醉意，与看短片时产生的这些情感混合起来，协调地共鸣着。

楼上，丹尼尔在老板的带领下进了自己的隔间，又被介绍给了一位同事，那是个20出头的年轻人。可以看出来，他将会成为丹尼尔在这座城市的第一个朋友。随着丹尼尔坐下身准备工作，旁白以肯定的语气表示，丹尼尔将会带着自己出生之日起就保持的好脾气和积极态度，继续开始他的新生活。

但旁白话音才落，世纪大厦上空便有积云的痕迹翻滚袭来，速度越来越快。短片的背景音乐也愈发不详。然后，由于观察到丹尼尔的圈子里，并不是每个人都无忧无虑，旁白对自己之前的言辞做了更正。

一系列场景快速出现，展示出事实上丹尼尔的同事们要更加野心勃勃、更专注，竞争因此也更残酷。短片的高潮，镜头里出现丹尼尔的"第一个朋友"，他停在丹尼尔的办公桌前，放下了一堆需要处理的文件。最后一幕里，镜头停在墙上的钟表上，指针开始越转越快，直到模糊不清，然后停在了六点上。镜头拉回来，丹尼尔还在同一张办公桌前，但已是三十出头。有一摞需要处理的文件被丢在了他的办公桌上，但这次是另一位同事，看起来比丹尼尔明显要年轻得多。

山姆并没有忘记，随着这些场景的展开，丹尼尔还是微笑着。但他的微笑现在带了一些疲倦、一些谦卑，也许甚至还有些尴尬。看到这些时，山姆的内心几乎是痛苦的。

那天晚上晚些时候，丹尼尔回了家，还是那栋六层的楼梯公寓。他拾级而上，返回公寓，屋内散乱放着一辆自行车、一个婴儿床，还有玩具。将背包丢在地板上以后，他进了狭小的厨房，他的妻子正在里面，手里抱着一个孩子，腿上还有一个。突然间，楼上传来一阵巨大的喧闹声，是伴随着舞蹈的音乐声。丹尼尔看着妻子，疲惫的泪水从她的脸颊上滑落。

镜头切回世纪大厦，已是第二天早晨，丹尼尔穿过一堆拥挤的隔间，走近了角落的办公室——这里现在已经是他老朋友的地盘了——并简单说道："我辞职。"

背景音乐里，大提琴或中提琴的声音流淌着，山姆也不确定是哪种乐器——但肯定是弦乐器的声音。

丹尼尔和他的妻子还是驾驶着那辆旧车，但这次后座上的是两个孩子，行李则堆到了车顶。他们向着来时的方向驶去，驶过同一座大桥，上了高速，然后拐上了越来越密集的乡村小路。丹尼尔和他妻子再次向前倾身，透过挡风玻璃看向外面，但这次是欣赏植物的叶子。在一个小镇上，也许是佛蒙特州的什么地方，他们穿过一座白色的教堂，然后是消防站，之后是一所本地的小学，上面的标牌写着"正在招聘"。当他们在一座简陋的小房子前停下并从车里钻出来时，丹尼尔将一只手放在妻子的腰上，看着他们两岁的孩子在草地上蹒跚学步。

荧幕黑了下来。

灯光亮起时，HT 已经在注视山姆了："非常不错，对吧？"

山姆不知道该说什么。他的头有点晕。也许是因为杜松子酒。但看着一个人 30 年的生命被浓缩成几分钟，尤其是自己孩子的，总会有些令人不安。

"那是什么？"他最终问道，"律师事务所？广告公司？"

"重要吗？"

"不重要吗？"

HT 没起身，他坐着偏了下身子，这样可以在发言时更好地注视着山姆。"我们没有什么水晶球，山姆。这只是个预测——通过精心设计和有数据支持的预测，但仍只是个预测。短片设计的初衷，是为了让你对丹尼尔的生活有个大致概念，而不是具体的细节。所以，那是个律师事务所还是广告公司呢？我们不得而知。但考虑到基因构成，以及可能的成长环境，我们确信，丹尼尔在读完一所竞争激烈的中型文科学院后，会在一座大城市的中心扎根，芝加哥、亚特兰大，或者旧金山，并成为一名青年专业人士。因此，没错，在律师事务所或者广告公司，或者咨询公司工作。这些基本上都是变量，无论丹尼尔选了哪个，他很可能最终都会有类似的生活经历。但是，我们不要纠结于这些，泛泛来说，你觉得如何？"

"最开始很令人满意，"过了一会儿，山姆承认，"我喜欢视频中所描绘的丹尼尔，但是看到他30岁了，却没表现出什么努力，令人很难受。专业上的努力，我是说。"

"当然，"HT点着头，表情流露出一种冷静的肯定，"这是典型的第二幕① 挫折——重塑挫折。"他继续点头。

山姆皱起眉头："你什么意思？"

"你知道的。第二幕挫折，即沿着特定轨迹开始自信人生后，我们面对了自己的局限性。"

"有必要吗？"

HT耸了耸肩，就好像他不是规则的制定者一样。"在某种程度上，这是难以避免的。理想状况下，我们天生都具有父母所赋予的某些优势，并在受到教育时，以及与同伴互动时，获得积极的强化。但是，我们的优势并不能在我们生命中的各个阶段，都很好地满足我们的需求。随着年龄增长，我们进入新的环境，长期以来的优势可能会突然成为妨碍我们在世俗意义上取得成功的绊脚石。反过来，又会导致家庭不睦。当我们发现自己处于这样的境地时，最终我们不得不面对这样的事

---

① 三幕式结构通常在剧本中出现，第一幕角色亮相，第二幕经历考验，第三幕解决问题。

实，那便是我们过去的生活方式，在现下是行不通的。就像丹尼尔不得不承认的那样，他的好脾气倾向在青年时代让他获益，但当他成为都市竞争行业里的专业人士时，就不再是他的优势了。"

HT 的语气又热情起来。

"现在，有些人面对这种认知，也许会试着改变自己，变得面目全非。我喜欢安妮这个选择的地方在于，这个版本的丹尼尔欣然接纳了最初的自己。他没有改变自己的行为，而是改换了环境。他带着家人，迁到了一个凭借他的美德走向幸福的地方。保持我们自己的初心，对吧？没有必要将我们的个性推向风口浪尖……"

听到这番精辟的言论，山姆首先想到的，不是自己与丹尼尔的关系，而是与妻子的关系。安妮上过一所竞争激烈的中型文理学院，修习英语专业，并就艾米丽·狄金森的诗歌写了篇论文，她的学校倒是与短片中描绘的那样不尽相同。尽管她又上了法学院，并且在毕业后，在一家老牌律师事务所谋了个职位，但最近她似乎更享受自己的无偿公益事业，而不是本职工作。选择这个短片，是否代表着因为没选择那些田园小镇，而选择了大城市，安妮心中有些后悔？

HT 看着山姆，琢磨着他的表情。"你觉得呢？准备好看第二个了吗？还是你想休息一下？"

"不用，我很好。"山姆说，"准备好继续了。"

"好极了。"

第二个短片

灯光暗下，山姆啜了口奎宁杜松子酒。维泰克公司的标志再次缩小，丹尼尔的名字出现，然后短片开始了。这次旁白换成了一个男声。

从出生之日起，丹尼尔就特立独行。

镜头一开始落在一个襁褓上，里面的婴孩紧锁眉头，之后是一系列的剪辑。4 岁时，丹尼尔就以相当诚挚的态度，就好像他思考了多久似的，向父母解释他真的不用立刻小睡一会儿。15 岁时，丹尼尔问他的英语老师："我们高中读《汤姆·索亚历险记》和《了不起的盖茨比》，唯一的原因难道不是因为你在高中时也读这些？"22 岁时，丹尼尔在大学系主任的办公室里，解释自己为何错过了政治考试。"因为我在写诗，"他实事求是地回答，"难道不能等等吗？"

"等什么？"

屏幕上，系主任在皱眉，但放映厅里的山姆笑了。

现在，丹尼尔仍旧开着那辆旧车，与第一个短片里一样，但副驾上是一台破旧的大型打字机，而不是金发女郎。丹尼尔绝尘而去，他出发的路边不远，能看到一群人，是他正在举行毕业仪式的同学们，向空中抛掷自己的帽子。丹尼尔沿着同一座大桥，驶入同一座城市。

他一只胳膊夹着打字机，另一只胳膊夹着个行李袋，走进同一栋六层的楼梯公寓。丹尼尔到了世纪大厦，再次确认了手上的字条。但是这次，抬头看了看建筑闪闪发光的外表之后，他说："去他的。"然后将字条丢进垃圾桶里，双手插兜，继续顺着街道前行。

随着鲍勃·迪伦《像一块滚石》的开场和弦，丹尼尔在这座城市的生活蒙太奇般一一浮现：在一家中餐馆洗盘子；和一群混混朋友在破酒吧里痛饮；在他的单间公寓里打字到深夜；寄出的手稿被丢在了某人的办公桌上，上面印着"拒稿"二字。

随着迪伦如赞歌般的歌声继续，这些画面重复着：盘子、痛饮、打字、拒稿。循环到第三次时，歌声渐隐，我们可以听到丹尼尔在餐馆的厨房里受到老板的训斥。"滚他的。"丹尼尔扯下围裙扔到地上。他跟朋友们经常聚头的破酒吧里，现在聚了群雅皮士。其中一个对丹尼尔说了句"禁止吸烟"，被丹尼尔一拳砸在了鼻子上。过了一会儿，丹尼尔被保安丢到了酒吧外面的街上，只听他还在大喊大叫着脏话。

出于身为父亲的担心，山姆注意到，自从辍学后，丹尼尔只说过三句话，而脏字贯彻始终。

镜头切换，陷入困境的丹尼尔一动不动地坐在打字机旁，嘴里叼着根香烟，手里拿着瓶波本威士忌，桌上是另一本已经完成的初稿。在令人不适的等待之后，丹尼尔敲了几个字，然后扯出打印的纸。特写拉近书名，他的新书名叫《去他的美国》。但这次，摆在不知谁的办公桌上的稿件上印上了"购买"两个字。

视频播放开始加速。印刷。成堆的书堆在书店里，上面挂着"抢手畅销书"的牌子。比佛利山酒店里，丹尼尔与一名影星握手，后者刚刚选择了演出这本书的改编剧。首映式上，他挽着女主角的胳膊离开剧院。在好莱坞，一位经纪人将一栋气度恢宏的现代豪宅的钥匙递给他。丹尼尔走进房子里时，镜头平移到了广告牌上，上面写着"去他的美国"。后面的背景里，云朵快速闪过。昼夜多次轮替后，广告牌上的图像变成了续集："去他的欧洲"。

现在，镜头转向了日落大道，很晚了，丹尼尔还驾着跑车飞驰着，时不时开出路外。在蜿蜒的峡谷路上，他撞到了自己的邮箱上，血顺着前额滴下，他继续驾车，私人车道上停满了各式各样的豪车。房子里，乌烟瘴气的派对似乎已经举行了好几天了。丹尼尔从吧台上抓起一瓶波本威士忌回了房间，他坐在床上痛饮了一大口酒。

早上。先是丹尼尔的面部特写——宿醉的模样，未修剪的纷乱胡茬，额头上还沾着干掉的血迹。镜头后拉，可以看到他躺在地板上。布满血丝的眼睛睁开时，他看到了床下巨大的阴影。他眯起眼，阴影逐渐清晰。那是他的打字机。丹尼尔的脸上开始露出会心的微笑。

屏幕黑了。

这次灯光亮起时，是山姆盯着 HT 在看了。

"你在开玩笑吗？"

HT 被山姆的语气吓了一跳："什么玩笑？"

山姆指着屏幕："安妮看过这个了？"

"当然，她看了。她选的，确实让她产生了共鸣。"

"产生共鸣！"

HT 在椅子上稍微偏了下身："怎么了，山姆？你想说什么？"

"短片结尾的暗示很明显，小说家丹尼尔过得很悲惨。"

"好吧，"HT 点头，"但我有一点异议，你完全没错，考虑到丹尼尔成功的本质，他的生活似乎已经被空洞的奢华和虚假的关系所填满了。但是，正是这些空洞让他看到了自己的处境。"

"我要从中振作起来。"

"完全正确！"

HT 又扭过去了一些，看向放映台："嗨，哈利！放一下那个特写。"

第二个丹尼尔的脸再次出现在屏幕上，看起来沧桑了一些。

"看到那个微笑了吗，山姆？不值得羡慕吗？我是说，他已经发现了生命中重要的东西。我喜欢这个镜头的视觉潜台词，丹尼尔在看什么？他的打字机！那些年里，他住在没有电梯的楼房里，在厨房里耗尽精力，写着没人想读的书，虽然缺衣少食又被拒稿，但也有着自由和真实。"

HT 满意地摇头晃脑。

"我认为，我们可以假设，他的生活将会转向一个了不起的方向。"

山姆盯着丹尼尔静止不动的影像，琢磨自己的念头。安妮选择这个短片是什么意思？山姆难以自制地往自己身上联想。他也上了一所竞争激烈的文科院校，大一的时候，他学习了莎士比亚，并涉足诗歌——就像大家一样。可他最终选择了经济学专业，并以约翰·梅纳德·凯恩斯为题写了论文。但这对他自己而言，是否算某种程度的背叛？如果他当个洗碗工，住在单间公寓里，会更自由、更真实吗？

"你准备好看第三个了吗？"HT 问。

"我准备再来杯奎宁杜松子酒。"

HT 看起来一向和蔼可亲、乐于助人，这次却犹豫了："你确定想要再来一杯吗？"

"相当确定。"

"山姆，虽然我说了喝一杯有助于体验，但我们发现，喝第二杯可能会让体验变差。"

"我觉得自己能应付。"

HT 表达了友好的关切，而山姆举起自己的酒杯，晃动着冰块。

于是，詹姆斯又被喊了上来，过不多久第二杯就奉上了。

"现在你准备好了吗？"HT 问道，语气略带一丝冷意。

山姆喝掉了三分之一的奎宁杜松子酒，朝天竖起一根手指，然后放下酒杯说："放吧。"

第三个短片

从出生的那天起，对丹尼尔来说，一切都轻而易举……

旁白——这次又是女声——详细阐述了丹尼尔"天生的技巧"，然后是蒙太奇画面，展示他交友、进行体育项目和从事学术都是多么容易。

山姆怀疑的那一面想对屏幕里对丹尼尔毫不费力的描述翻个白眼，但他大学时不是遇到过这种人吗——就像他大一时的室友约翰。在威尔明顿市长大、在圣保罗市上学的约翰似乎能巧妙地应付每一项新任务。山姆清楚地记得，那天下午，约翰第一次尝试长曲棍球。在球场看了一会儿其他人打球之后，约翰拿起棍子，只用了几分钟，就可以像校队的球员那样，流畅地持棍、击球和接球了——就好像有些年轻的音乐家，可以轻松放下一样乐器，换成另一样，无须花时间找人教导一样。

山姆跟约翰完全不同，但我们的基因不仅仅表达了我们自己，还包含了来自前几代人的各种才能，也许我们个人并没有继承，但不妨碍将其传给后人。因此，谁说他无法生出一个拥有老同学天赋的儿子呢？

正当山姆怀着这个令人安心的想法时，场景已经从大学校园转到了世纪大厦，丹尼尔看起来已经30出头，身着量身裁制的西装，脸上带着微笑，一只手臂下夹着些文件夹，穿过走廊。

擦肩而过的一位同事与他年龄相仿、穿着相似，两人击了下掌。然后他停在了一个小隔间里，那里有另一个年轻人正在将文档里的数据转到电子表格里。当那名年轻人抬起头时，山姆打了个冷战，他意识到那个人正是在第一个短片里扮演丹尼尔的演员。新的丹尼尔将文件夹丢在上一个丹尼尔的桌子上，说着自以为是的评论，什么疲倦又没法休息之类的话。

那天晚上晚些时候（丹尼尔1号大概还在埋头苦干），丹尼尔3号坐在一间豪华餐厅里，向女侍者释放着魅力。她塞了电话号码过来。过不多久，另一个年轻漂亮的女人出现了，她给了丹尼尔一个吻，然后坐下了。隔着桌面，丹尼尔伸手去拉她的手，她的手指上戴着他送的订婚戒指。

画面又转到了办公室，上司正在等他。

"能和你谈谈吗，丹诺？"

丹诺？山姆心想。

丹诺被带到了一间会议室里，已经有两个高级专业人士等在那里了，男性是人力资源部的，女性是法律部的。他应邀就座。

"我们已经注意到，"人力资源部的男士说，"今年夏天你可能和一个实习生有过亲密关系……"

"两个，"法律部的女士说，"两名实习生。"

"我记得，"丹尼尔眨了下眼，"没几次。"

下一幕，影片跳到丹尼尔被保安带出办公室，怀里还抱着个纸板箱。穿过小隔间时，好几位分析师——包括丹尼尔1号在内，都起立鼓掌。

下面的蒙太奇对山姆来说，很容易预料。丹尼尔的未婚妻将戒指丢在他的脸上，然后砰的一声关上了门；丹尼尔申请工作屡屡被拒；丹尼尔最终一个人待在看起来装修豪华但很冷清的公寓里。

过了一年，也许两年，经受磨难、变得谦卑，甚至几乎被打垮的丹尼尔站在一个小型办公楼前，看着上面的租赁启示，然后他找到了麦克林托克公司。上楼后，他走进一间陈设着破旧家具的等候厅，看到了空荡荡的接待台。

"可以为你效劳吗？"一位60多岁的非裔女性从一间办公室

里走了出来。

"嗯——"丹尼尔说,"我想跟麦克林托克先生谈谈。"

"我就是麦克林托克先生。"女士恶作剧般答道。

丹尼尔清了清喉咙。

"抱歉,麦克林托克女士。我在业内有将近 10 年的经验,希望你这里有空缺的职位……"

"我们只有一个空缺,"她说着,指了指前台,"就是那里的。"

"我愿意做。"丹尼尔说。

"好了,好了!"山姆高声道,"我知道了!已经够了!"

哈利停下放映,打开灯光时,HT 惊讶地转向山姆。"你不希望看看后面发生的事情吗?那是最精彩的部分!"

"哦,我可以想象得到,"山姆说,"跟随他聪明的新导师,丹尼尔学会了如何成为一个更好的人。"

"精确!"HT 说,"很棒,对吧?"

"但是,为什么他非得这么混蛋,才能成为更好的人呢?"

"这是经典的第二幕,山姆,最开始——"

"我要打断你,这跟那些经典的第二幕又有什么关系?我们不是在讨论好莱坞电影。"

"我们当然没在说好莱坞电影,山姆。我们聊的是你儿子的人生。但你认为三幕式结构是怎么来的？为什么这种结构始终如一出现在观众面前？那是因为，这是原型。在一代又一代人中出现的普遍模式。斯芬克斯向俄狄浦斯提出的谜语中，答案是人生的三个阶段，这并非巧合。"

"俄狄浦斯！你知道的。"

"好吧，"HT举起双手，"也许这个例子不太好。毋庸置疑，我们的人生错综复杂，而且存在各个层面。但通常都会存在更大的弧线，将我们从年轻自信的位置打下来，让我们经历挫折，然后通向第三阶段——幸运的话，我们会面对自己的局限性，并成为更深刻的人，过上更丰富的人生。"

"由于丹尼尔的早期人生中，一切都获得的太容易了，所以他最后成了个混蛋？"

"不是最后，山姆。他最开始是个混蛋。但到他直面自己个性中的麻木不仁时，他还有时间改变，也许还有50年，他可以更有意义地使用自己的才能。这第三幕多棒啊！别逗了，我也很乐意做30年混蛋，只要后50年能变聪明。"

山姆不太确定他该如何回应这番坦承。最后，他只是恼怒地摇了摇头。"我觉得你整个前提都是疯狂的。并不是所有生活都是这样的。并不是说，我必须花30年酗酒，或者轻浮放纵，才能准备好迎接自己的第三幕。"

HT专心聆听着，他张了张口，像是要评论什么，但最后一反常态，闭口不言。

"怎么了？"山姆说。

"没什么。"

"说吧，怎么了？"

HT耸耸肩："你这么说，有点像将两种截然不同的东西扯到一起了。仅此而已。"

"为什么这样说？"

"因为，过去15年里，你都在过自己的第三幕。"

"什么意思？"

"我还能说什么呢？我们拥有你的基因构成以及个性特征。我们有你的成长经历、教育背景、职业历史，而且将这些与我们的人类成果数据库进行了比对。结果似乎很清楚，你的第二幕发生在大学里。"

"大学里！"

"有时候，第二幕确实会在此时发生，山姆。就好像你跟我们的记录员说的那样，你在一所郊区的漂亮房子里度过了田园牧歌一般的童年，夏天还会去海边。但是后来，你父亲辞去了工程公司的工作，买了铜矿，你们全家搬到了犹他州。这也是问题出现的最开始。等等，你是怎么形容他的？"HT打开绿色文档，飞快翻到了中间的某个位置，"从不怎么遵守承诺，从不怎么支付账单，从不怎么实现梦想。"

"我知道我是怎么说的。"

从山姆的语气里，HT 发现自己说得有点过头了，他换了一种更富有同情的方式重新开口。"大学时期，你经历了一系列非凡的体验，山姆。其他人都在放纵自己时，你帮着父亲与供应商重新谈判、裁员、申请银行贷款，并启动破产。这样做的同时，你必须面对这样的事实，你毕生一直崇拜的那个人，并非你所想象的模样。那次经历之后，你暗自对自己承诺，永远不会将你的家庭置于同样的境地。你在学校奋发努力，将自己提高到竞争激烈的领域，明确绕开风险较高的机会，确保自己在有孩子后，会让他生长在经济富足的环境里。山姆，这就是你的第三幕，没什么好羞耻的，你该为自己的成就感到无比自豪。"

如果 HT 没提到避开高风险机会的话，山姆也许真的会有些自豪。与他的很多同事不同，山姆从未试过转向买方的角色——加入私募公司或者对冲基金之类，很多分析师的生死都取决于他们的建议，但却有机会真的赚到大钱。而山姆甚至没有试过公司内部平调，换去一个类似高科技或电信公司这样快速发展的行业里。他对这些行业快速变化带来的竞争可能心存警惕。就像山姆常对客户提到的，公共事业也许会受到监管，而且增长缓慢，但是具有可预测性，并能获得红利。

但如果说 HT 提到的这些未去追逐的机会有刺痛山姆的话，那个点在于山姆从未在任何维泰克的问卷中提到过这些。如果文档里确实出现了，那肯定是从安妮那里得知的，也许是作为她丈夫缺乏野心或勇气的案例。

山姆摇了摇头。

"你说的话里，有些可能确实不错。"他最终承认，"但我认为，在安妮和我面前，还有另外一幕。"

"哦，"HT 回答，"我没说这是安妮的第三幕。我们相当确定，她还在自己的第二幕里。我们只是在谈论你。"

山姆砰的摔上了新车的门。或者说，他试着摔门，但车门就像汽车本身一样，是经过精心设计的，可以平稳安静地运行。因此，他用力摔门时，门动起来、停住，然后发出不明显的咔嗒声，再闭合。

"混蛋！"山姆对着车门说。

他按下点火开关，汽车在轻微的颤抖中启动了。气氛似乎正好，山姆口袋里的电话开始震动，有电话打进来了，大概是安妮，或者办公室。山姆没管电话，启动了 GPS 导航。

"你想去哪里？"导航问。

"东 85 街 210 号。"

沿着高亮的路线前进，右转，拐进区内通道，然后继续行驶 13 千米，到高速路入口。

在维泰克公司的出口处，尽管没有迎面而来的车辆，山姆还是停了下来。GPS 计算出他会在 7 点 34 分回到公寓，到晚饭时间还很充裕。但山姆突然有一股冲动想要左转，顺着支路去"东方角"——去看看海边那所小屋，在父亲辞掉工作举家搬迁，将全家人都带到西边之前租下的小屋。

山姆身后，有人在按喇叭。

山姆没有打灯，直接右转，朝着开始落雨的城市驶去。

与高速路平行的支路上，立着许多或许在用又或许没在用的电话杆。有一阵子，这条路大概是从城市通往半岛顶端的主干道，但高速路取而代之，将它变成缀满次要商业的二等道路。例如，山姆正经过的一个汽车旅馆，从 20 世纪 50 年代就有一个三倍于现在需求大小的停车场。

前方，山姆看到了另一处这条通道全盛时期的遗迹：一家在宣传中称自己为"半满酒杯"的酒吧，还有一个超大号的霓虹广告牌，样式是一杯倾斜着的马提尼；路旁老旧的学校电话亭在牌子的遮罩下若隐若现。山姆开过的时候，注意到马提尼杯底是一颗霓虹灯拼成的橄榄，不过已经不再发亮了。

山姆将车开到路旁，在让了两辆车之后，他调转车头，向来路驶去。

GPS 发出声音，提示在重新计算回家的路线。

左转，上枫树街，再开 200 米，左转驶入教堂街。

山姆没管提示，左转进了"半满酒杯"的停车场。这里同样比需要的大了两倍，里面停着几辆皮卡和老式美国轿车。山姆下了车，雨开始变急，他快步走向酒吧的大门。

酒吧里面，墙上挂着些有背光的啤酒标志，远处还有台球撞击的声音传来，这些奠定了酒吧的氛围。山姆右边，是一排可供两三人围坐的小桌子，左手边则是一长条吧台，挤满了身着工服坐在凳子上的人。有几个人回头看了看山姆，然后就回头继续喝啤酒去了。

适应了一下光线之后，山姆继续往酒吧里走去，想找个安静的地方坐下。但他走着走着，突然惊讶地发现 HT 正坐在第四个吧桌上，跟一个棕发女郎在说话。山姆没想到，"半满酒杯"是 HT 的地盘。也许他刚发现，下班后喝上一杯有助于他的体验。山姆朝着他走了一步，本想讽刺上他一句，但他反应过来，那个棕发女郎是安妮。

山姆停了下来，心里乱成一团。他和安妮本打算在晚饭时间聊聊他们的"选项"。她开车出来，是打算从 HT 这里提前了解到山姆的选择吗？但就在他思考这个问题的时候，山姆注意到，桌上放着两杯红酒，旁边 HT 和安妮的手指勾在了一起。

HT 抬起头，放开了安妮的手。

"山姆！"他用欢快的语气说道，"时间真合适！我们正在聊你们的事情。"

HT 离开吧桌，站起身打算握山姆的手。

这样很方便山姆更容易打到他的脸。山姆从没打过别人。

因此，带着全新体验的敏锐，他可以感觉到，HT的鼻骨断了，他还能看到HT在跌回吧桌时，头弹了起来。

车窗玻璃上响起了敲击声。"嗨！你还好吗，伙计？"

山姆惊醒了，从副驾驶的窗户向外望去，看到一个人在透过玻璃向内看。那个人胡子拉碴，大概50多岁的样子，正顶着报纸遮挡雨水。山姆降下车窗。

"你还好吧？"那人又问。

"没事，"山姆说，"我很好，谢谢。"

"那就行。"那人说完，一瘸一拐走向吧台。

山姆又坐了一会儿，看着雨刷器来回扫过挡风玻璃。他的精神有些委顿——因为他没有挥出的一拳。然后他跟着那个陌生人走了进去。

酒吧几乎就跟他想象的一样。虽然后面有台球桌，但上面没球。左边有吧台，右边有吧桌，但中间还有些四人座。确实有些穿着工作服的人坐在凳子上，但山姆进门时，没人顾得上看他。

山姆坐在靠近吧台的角落里，离那个敲他车窗的陌生人只有几个凳子的位置。角落里，自动点唱机上正在播放一首摩城歌曲，诱惑合唱团或者四顶尖合唱团唱的。山姆从来记不起哪个是哪个。

"奎宁杜松子酒。"他对酒保说，并将手机面朝下放在吧台上，"或者，我想了下，还是来杯马提尼吧。"

"你喜欢杜松子酒？在最上边的架子上随便拿。"

又是一首摩城歌曲，山姆在吧台上敲击着，对自己能够记得或者猜到这首歌富有感染力的节奏感到满意。但是等酒保拿着一杯用威士忌酒杯盛放的加冰马提尼时，他不禁有些失望。

"10 美元。"酒保说。

"可以不加冰吗？"

"我们没有马提尼酒杯了。"

"但是那个牌子——"

"哪个牌子？"

山姆想要解释，但坐在他右手边的一个戴着棒球帽的大块头转过头，审视着他。

"非常不错，"山姆的电话开始再次振动时，他退却了，"事实上，干吗不再来一杯？"

半满酒杯

山姆醉了。他知道自己醉了，因为他搞不清怎么了，也搞不清几点了，更加搞不清喝了多少杯马提尼，放在吧台上的电话又震动了多少次。他甚至记不得那个胡子拉碴的男人（他叫比泽）什么时候挪到了他左边的凳子上，他们又是怎么聊起来山姆的父亲的。

"铜矿!"比泽口齿不清地惊呼着,"我想拥有自己的铜矿。"

"相信我,"山姆同样口齿不清地说,"矿井是你最坏的选择。"

比泽看起来并不相信,于是山姆开始列数原因。

"成熟的行业……无差别的产品……劳动密集型产业……极易受经济影响……"

山姆停住了,伸出三根手指,再加上大拇指,肯定还有第五个原因。

与此同时,比泽点了点头,一副很感兴趣却只听懂一半的样子。

"如果你说的都是真的,"他问道,"那么为什么你家老爷子要买个铜矿?"

"这是他的梦想。"山姆说,在提到梦想两字时,用手在空中比画了一对引号。山姆饮了一口,然后看着他的邻座:"你想知道采矿生意有多糟糕吗?"

"当然。"

"我高中快毕业的时候,有天下午,我家老爷子取了我家所有的银行存款,开了几个小时到拉斯维加斯,将那沓钱放在黑色上,然后开转:6 次……连续。"

"不是吧,"比泽说,"你听到了吗,尼克?"

正在饮干杯中之物的酒保回应:"我听着呢。"

山姆看向比泽:"你知道轮盘赌上连续出现 6 次黑色的概率

是多少吗？"

比泽摇了摇头。

"1/76。借着这千载难逢的天降好运，我父亲又把不可避免的未来多拖延了 14 个月。"山姆举起他的马提尼，"拖到破产法第 11 章①。"他说着，饮干了杯中酒。

"呃——看起来一切还行啊，"比泽指了指山姆的西装，又指了指停车场，大概是在指汽车的方向。

"如果一切还行，"山姆说，"也不是我父亲的功劳。外面那辆车，还有西装……"

山姆摇了摇头，没说下去。然后他另起话头："我今年 45 岁了，才马上要有第一个孩子。你知道为什么吗？因为我在等，我在等口袋里有钱，银行里有存款，还有上东区的那套三居公寓贷款还清。就是这样！"

"你要有孩子了！"比泽惊呼，就好像他只听到了这个。

"我们正在制造过程中……"山姆挥了挥手，"因此我过来这边。"

比泽脸上的笑容消失了："因此你过来哪里？"

"不到 2000 米，从 46 出口下高速，然后左转。"山姆模仿着导航。

---

① 美国破产法第11章是美国破产法的一个章节，适用于所有实体，这里指山姆家破产了，是一种黑色幽默的说法。

"你是说维泰克？"

"当然。"

比泽转过头不看山姆了，他意味深长地看向尼克。然后他转过头冲着山姆："那是他们的生育诊所之一，对吧？"

"并非'之一'"，山姆纠正道，"是生育诊所。"

"那么，那边是怎么样的？你付费，然后就能选择孩子是男是女，眼睛是蓝是棕？"

山姆笑了："蓝眼男孩，或者棕眼女孩，这些都是非专业的玩意儿。在维泰克，你可以选择孩子的轮廓。"

"轮廓？"

"他会有什么样的性格，什么样的事业，什么样的人生。"

"一流的。"尼克说。

山姆看着酒保，想问问那是有多好，但比泽先开口了。

"就像我跟你说的那样，尼克。"

山姆回头望着比泽："跟他说什么？"

比泽向山姆靠近了一些："你知道维泰克是什么时候开业的吗？"

"大概一年前？"

"没错，但你知道他们的大楼 10 年前是做什么的吗？"

"不知道。"

"是雷神公司①。"

待他稍微消化一下后，比泽接着解释："是马萨诸塞州沃尔瑟姆的雷神公司，全世界最大的国防合约商之一。这十年以来，那栋大楼一直人来人往，昼夜不停，然后去年9月的一个早晨，突然所有的汽车都消失了，大楼也黑了，牌子也没了。过了两周，停车场又满了，灯也亮起来了，牌子换成了维泰克公司。"

比泽冲山姆点了点头。山姆晃了晃头，表示没接到比泽的暗示，困惑不解。

"两周后！"比泽说，"这不会让你觉得有些奇怪吗？一家公司可以连夜腾空大楼，在不到14天的时间里，另一家全新的公司就能取而代之？这件事只有一个解释，那就是从头到尾没有什么改变。维泰克公司，并非真正的维泰克公司，而是雷神公司的一个部门而已。"

比泽靠得更近了些。

"你仔细想想，这是不是有些像是数据收集？"

"怎么说？"

"因为基因就是防御的未来。"

山姆感觉比泽有些疯狂，但是一阵寒意从他背后流过。

"他们不会白白进行生育控制。"比泽说。他饮了一口啤酒，

---

① 雷神公司（Raytheon Company）是美国的大型国防合约商，有90%的营业额来自国防部的合约。

继续道："我已经把这些都写下来了。"

"你就是太闲了。"尼克说。

比泽没管尼克，他眯起眼睛看着山姆："这个生育规划什么的，是不是给你一本那种杂志，让你去一个小房间里，然后问你要采样？"

"类似吧。"山姆说。

"但他们管它也叫采样，对吧？"

"我想是的。"

比泽带着尽在预料的微笑点了点头："这个措辞的选择并非巧合。他们称之为采样，是因为他们想让你以为，这代表着别的东西的一小部分，但是你所给他们的，可不是别的东西的一小部分，而是最重要的东西。事实上，它就是所需的全部工具本身。"

山姆看着比泽，被他凛然的狂热神情吓了一跳。然后他转向尼克，"再给我和我的邻座来上一杯，如何？"

尼克看着山姆："你不觉得自己喝多了吗？"

"就来一杯？"山姆说。他试着以短片里丹尼尔1号的方式微笑着，又或许是丹尼尔3号的方式。

不管是哪种，他露出了微笑。

"我跟你说，"尼克说，"我会给你杯水。先喝完，然后我们再聊下一杯酒的事儿。"

"随你，酒保先生。"

尼克拿水的时候，吧台上山姆的手机又震起来。

"嘿，伙计，"比泽说，"又是你的手机。已经震了有10次了。也许你最好接一下。"

山姆向四周看了看："你听到什么震动声了吗？"然后他抓起吧台上的手机，悬在水杯上方，松手任其坠落，"我没听见什么……"

山姆话还没说完，他右手边的一个大块头就将手搭在他肩上，迫他转身并给了他一拳，光熄了。

零钱

山姆平躺着，睁开眼睛，看到头顶射下来一道明亮的光。

天啊，他心想，我在手术台上！

但之后，比泽胡子拉碴的脸出现在他的视野里。"嘿，尼克，他醒了！"

现在酒保的身影也侧过来，出现在他的视野里了，"谢天谢地。"

山姆刚一动，尼克就用手按住了他的肩："再躺一下吧，朋友。你摔了一跤，撞到了头。"

山姆没管尼克怎么说，他向右挪动双腿，坐回吧台上。他试着拼凑刚才的回忆，然后发现唱片已经没在播放了，他的衬衫上沾着血迹，大多酒吧椅也都空了——包括刚才那个戴着棒球帽的大块头坐着的那个。

"那个人打我！"山姆控诉地指着那个空凳子。

"谁？"尼克说，"托尼？"

"刚才坐那儿的那个大个子。我把我的手机放在水杯里，就像那样，他把我拽过去，给了我一拳。"

"你把手机放进了托尼的伏特加苏打水里，所以……"尼克耸了耸肩。

比泽帮着山姆从吧台上爬了下来。尼克身后的镜子里，山姆左眼的肿胀开始清晰可见起来。

"好一个黑眼圈，"尼克承认，"我从来没有黑眼圈。"

"好了，又来这一套，"比泽咧开嘴，"他们不会无缘无故起个半满酒杯的名字！"

山姆坐回老位置的时候，尼克将一个塞满冰袋的塑料袋丢在吧台上，旁边放了杯马提尼。

"给，"尼克说，"房子里有这个。"

"我还没喝我的水呢。"

"你也一样清醒过来了。"

山姆把冰袋放在脸侧，看着尼克在忙。

"你不喜欢我，对吧？"

"我不认识你。"

"科学表明，我们可以在短短两分钟内，对人们形成固定印象。"山姆说。

"是这样吗？"

"确实如此，"比泽说，"我在杂志上读到过。"

"听着，尼克……我能叫你尼克吗？"

"随你，怎么叫都行。"

"我知道我们互不相识，若有冒犯的话，先给你道个歉。但是我还是想知道原因。"

尼克又看了山姆一眼，然后暗自点了两次头（主要是对他自己）之后，他将双手放在吧台上。

"我妻子和我结婚有 34 年了。我们在那边的另一个小镇长大，我俩 21 岁时，她怀孕了。那时候，我是一个长途货车司机，每小时赚 10 美元，而贝蒂在医院上班。我们存了一点小钱，买了个带小院的小房子，想着也许上帝保佑的话，我们能再生一个孩子。但结果却来了三胞胎——同卵的双胞胎男孩，还有个异卵女孩。我甚至不知道会有这种事。有了 4 个不到 3 岁的孩子，我不得不放弃长途货车司机的活儿，贝蒂也不得不放弃护士的工作。但我们搞定了。我在本地找了份建筑工地的活儿，周末粉刷房子。孩子们吃着芝士通心粉这样的家常便饭长大，上了公立学校，三个男孩住一间，莎莉住另一间。但逐渐地，我和妻子发现，莎莉这个一窝里最小的，脑子很好使，比她哥哥们都聪明，比我们谁都聪明。于是，我们决定送她去上收费昂贵的私立学校。我们更拼命了。果然，到了高三，她在班上名列前茅，能讲三种不同的语言。她上了该死的耶鲁大学。当然了，我们获得了一些经济援助，但还不够。所以，我们把男孩子们聚在一起，对他们解释我们都会做出些牺牲。双胞胎只能考虑公立学校了，也许还要在上大学前工作个两三年。而他们做出了或多或少的牺牲，并且对此没有怨言。然后，大三期中的时候，我们的小莎莉回家过圣诞，她下不了床。她在自己的房里待了半天，窗帘也不开，说自己不想出去。她显然不想回耶鲁了。所以，我们给她找了个心理医生——又一次让家庭压力倍增。过了两个月，莎莉的医生说，莎莉需要的是所有人都待在一起。不只是我和贝蒂，你明白的，而是我们6个人一起。身在彭德尔顿军营的爱德华必须要请特休假，在纽约州立大学奥斯威戈分校上学的吉米要乘大巴回来，还有在罗德岱堡市白天当服务员晚上上烹饪学校的比利。他们都回来了。我们聚在心理医生的小办公室里，非常尴尬，谁都没说话。过了有10分钟，或者15分钟的样子，突然间，有人吱声了，然后他们四个人就开始滔滔不绝。他们聊起童年，聊起对我们的想法，对彼此的想法。聊起了对自己的想法。你知道吗？那是我一生的最有趣的一天。"

尼克拿起山姆的空杯子。

"所以，是啊。说到底，我想，你父亲更像是我这样的人。"

山姆明白，最后一句结案陈词就像是扇在他脸上的一记耳光，他也确实感同身受。他从凳子上站起身，几乎把凳子碰倒了。他从钱包里掏出两张崭新的百元大钞，将其丢在了吧台上。然后他走出半满酒杯，走进倾盆大雨之中。

他小跑着穿过停车场，去找自己的车。他已经后悔不该将钱丢在吧台上。尼克很可能会将这一点作为证据，对自己这个身穿定制西装、开着豪华轿车的家伙产生最坏的猜测。他将钱丢在吧台上不是为了炫耀自己的财富，而是为了表明自己无须开上 6 小时车去拉斯维加斯，去战胜不可能的概率。

山姆钻进汽车里，猛地拉上门，门缓缓闭上时，雨水打在了内饰上。他按下点火开关时，瞥了眼时钟，发现自己已经耽搁了两个小时。

"该死。"

山姆将手机从口袋里拿出来，按下侧键开关，但毫无反应。过了一会儿，他反应过来了，手机没有反应是因为他把它泡在了托尼的伏特加苏打水里。

"该死。"他又说了一遍。

山姆摇了摇头，抬手擦拭脸上的雨水，然后感觉脸颊传来一阵剧痛。他打开顶灯，望着后视镜，他的黑眼圈清晰可见。他可以将这件事列入回家后要解释的事件里面。但就在他思考这些时，从后视镜的角落里，能看到路边电话亭醒目的长方形轮廓。

看到这一幕，他的精神振作起来。山姆拍了拍裤子和外套口袋，想找点零钱——不过当然了，他没有零钱。谁还有零钱啊？他探头看了看驾驶座旁的托盘，汽车太新了，还没来得及积累起通常会有的七零八碎。

陷入僵局的山姆看着挡风玻璃。

他当然不会再回酒吧了。

但停车场里还有几辆其他的车……

过了一会儿，山姆下了车，朝旁边那辆看起来比酒吧本身还破旧的皮卡走去。车锁着。他换了目标——那辆该重新喷漆的克莱斯勒。门开了，大有希望。冲着酒吧探了一眼，山姆迅速打开车门，溜进了驾驶室，又关上了车门，这样顶灯就只会亮一下。顶灯黑了以后，山姆伸手去摸外套，想打开手机上的电筒。还没够到外套，他就想起来手机开不了了。

驾驶室旁的托盘里，有两个空的咖啡杯。山姆将它们放到副驾座位上，摸索着杯架，感觉底部粘着两个 1 角硬币。它们粘得很紧，必须用指甲抠，才能取下来。山姆不知道打电话到市区得花多少钱，但 20 美分肯定不够。车主随时可能走出酒吧，山姆匆忙翻遍了杂物箱，但一无所获。然后，突然间，童年的记忆闪过他的脑海——那是他在他父亲的车里摸索零钱，打算去看电影的影像。他转身将手指塞进驾驶座靠背和座位的缝隙里，不到几秒，他就感觉到了两个 25 美分硬币的形状。全凭肌肉记忆，山姆用两根手指的指尖夹住了这两枚硬币，然后小心地将它们从缝隙中掏了出来。

握着不可或缺的硬币，山姆带着前所未有的急迫，打开了轿车的车门。但当他从驾驶座上滑出来的时候，他发现汽车的仪表盘上贴着两张照片，两张都是三个男孩和一个女孩的合照。第一张照片随着时间已经褪色，上面的孩子们看起来有八九岁的样子，站在一座古怪但有趣的小房子前。他们的肩膀上背着过大的书包，像是第一天上学。第二张里，他们以同样的顺序站在同样的地点，不过这时候他们已经 20 出头了。山姆想到，这张照片很可能是在莎莉开始感觉到困扰时拍的。就像尼克所说的，她是一窝里最小的，比她的兄弟们要矮 15 厘米。带着深深的羞耻感，山姆意识到自己从来没问过尼克，他女儿过得怎么样。

钻出酒保的车，山姆最后朝身后看了一眼，然后跑向停车场边上的电话亭。他打开电话亭的门时，被亮着的灯吓了一跳，然后松了口气。

"老天保佑这家电话公司。"他说。

他用一只脚抵住电话亭的门，保证灯不会灭，然后将所有的硬币都塞了进去，拨打安妮的电话。

但电话刚一通，他就意识到自己犯了大错。他应该打他家的座机，因为安妮在公寓里时从来不用手机。她到家时，总会把手机放在大门前的柜子上，还有钥匙和钱包。就算她听到电话铃声，也来不及穿过公寓去接。

果然，电话响了五声以后被接入了语音信箱。

山姆想不起来付费电话能打多久，但哔声一响，他一秒都没浪费，就对安妮道歉。他告诉她，自己很抱歉迟到了，抱歉没能赶回去吃晚饭，抱歉没能打电话。他还有其他要道歉的，但又担心时间不够。他停了停，等着录音响起，要求再支付25美分续2分钟。

但通话时间还没到，他发现自己站在那里，握着话筒贴近耳朵，什么都没说——就好像在等待电话另一边的人回应一样。

"安妮，我很抱歉。"他最后开口了，但电话断了。

山姆走出电话亭，走进雨中，发现自己正仰头看着霓虹灯。也许是眼花了，也许是霓虹灯在对面驶来车辆的前灯照射下反射了一下，不过山姆几乎可以肯定，有一秒钟的样子，马提尼杯底的橄榄闪了一下。

盯了一会儿，山姆大步走回自己的车。他听任门自己闭上，按下点火开关，驶向出口。

"你想去哪里？"GPS问。

但山姆关闭了系统，接下来要去的地方，他不需要导航。

四人桌

10 点 45 分，尼克和比泽孤零零地坐在空荡荡的酒吧里，他俩坐着的四人桌上放着一杯咖啡和一杯啤酒。差不多到了打烊的时候，尼克还要打扫一下卫生，所以很可能应该是比泽先回家。但外面还在下雨，比泽没车，所以尼克决定在自己喝咖啡时，请他一杯。有时候尼克会这样做——让比泽在打烊后在店里多待一会，只要他别太多话。

他们坐在那里安静啜饮时，酒吧的门晃动着开了，一个男人走了进来，浑身湿透了。他站在过道上，大致扫了眼酒吧。然后他将一只手放在西装口袋里，开始朝他们的桌子走过去。有一阵子，尼克怀疑这个疯狂的混蛋拿着枪回来了。比泽肯定也是这样想的，因为他脸色发白。但是，等他到了他们桌前，他瘫倒在尼克对面的椅子上，未发一言。他把手从口袋里拿了出来，将某样东西拍在了桌子上。把手放下时，桌子中间有一个东西，是一个小塑料盒，顶上有灯照亮，底部是一层白色的东西。

"该死！"比泽说，他猛地将自己的椅子往后推，就好像那是什么会爆炸的东西一样。

"好吧，我完蛋了。"尼克说。

那个人看起来既不聪明，也不像个胜利者。他看起来就像一个打算解决问题的人。

不等尼克或比泽发问，他就开口解释了，他回维泰克的时候，敲了 15 分钟门，保安才让他进去。又花了 15 分钟，他才跟一个叫 HT 的人通上了电话，然后把自己的东西拿回来。

他说完以后，尼克和比泽都没说话。他们三个人静静地坐在那里，也不看彼此，只盯着桌子中间的东西——那个小塑料盒子，里面或许是，或许不是他们的未来；或许有，或许没有我们的未来。

埃默·托尔斯（Amor Towles），美国作家，著有畅销书《上流法则》（*Rules of Civility*）和《莫斯科绅士》（*A Gentleman in Moscow*），《华盛顿时报》等知名媒体曾将《上流法则》和《莫斯科绅士》评为年度畅销书。

最后的对话

[美]保罗·崔布雷/著

1

你的房间很暗，什么也看不见。你躺在床上，身上盖着薄床单。你动了动手指和脚趾，皮肤摩擦床单发出的巨大声响令人吃惊。轻微的动作就会生疼，你的肌肉和关节随着动作发出痛苦的低吟。

你半睡半醒好几天了，也许是好几周，或者更久。你不知道自己那时，或者更早的时候在哪里。你现在在这里，已经过了很长时间了。你思考了一下半睡半醒是从什么时候开始的，得出的结论是，目前还不可知。

你仔细听着，眨了眨眼。也许在黑暗中，你能看到形状。你的呼吸愈发急促，心率也加快了。你变得更像自己了，对此你非常确信。时间不再是你的敌人，你清醒的时间越长，就越像自己。这个想法同时让你感到鼓舞和恐惧。

你的意识暂时迷离了，你想象着一间有白色天花板、木地板的明亮房间，里面光线充足，墙壁是某种花朵的黄色——你还没法想到具体的花。你不再理会那些随机的图像，而是继续沉迷在莫名其妙的休眠里。不过，有时间流逝的感觉，这意味着你的意识已经足够在缺失的时间里察觉自身了。你曾经是自己，现在又是自己了。

你试着坐起身来，收缩腹部肌肉，背部离开床铺。你的体重由手肘和手掌支撑着。电击般的剧痛将你从脊椎那里劈成两半，并辐射到颤抖的四肢。你疼痛出声。疼痛吞噬了一切，让你的视野里出现白色锯齿样的闪光，然后在脑海里扎下根来。疼痛犹如巨大的波浪，威胁要把你冲走。你确实知道什么是波浪，但无法记起是否有亲身体验过。

你害怕转头，甚至完全不敢动。你害怕黑暗，纯然一无所有。你害怕后退，害怕退缩到虚无之中，回去你之前的所在。你害怕会陷入循环：你会昏过去，只为了之后再次在什么都看不见的濒死痛苦中醒来，然后失去意识，再醒过来迎接痛苦，一次又一次。

有机械发出的哔哔声，还有机器的嗡鸣声。一阵阵暖流顺着你的左手背涌入，再向上流进你的手臂。你的意识向着你所恐惧的奇点褪去。

你再次昏迷时，听到了一个不属于自己的声音在你新生的宇宙中回荡。

她说："你会好起来的，不会那么痛了。我会照顾你的，我们明天开始。休息一下。"

2

"早上好。"

"早上好，库恩博士。今天你会在病房里陪我吗？"

"今天不行。"

"哎，我很失望。"

"我很抱歉。你的免疫系统受损了，需要采取隔离这样的必要防护措施，但不会一直这样的。"

"我看懂了。我的意思是，我明白了。"

"没错，当然了。10分制的话，1是完全不痛，10是难以想象的痛楚，今天早上你的疼痛情况如何呢？"

"1。"

"你确定吗？完全不痛？"

"是的。"

"谢谢你。请弯曲手臂和双腿，转动肩膀。很好。请做一下骨盆倾斜。感谢。有觉得疼吗？疼的话，还是用刚才说过的疼痛评级方式打分。"

"还是 1，如果你能看见我的话，我正在尝试咧嘴微笑，以测试我脸部的肌肉。"

"真高兴你不痛了。"

"我刚醒来的时候，那种痛——呃，很难形容不是吗？疼痛是如此私人的体验，但那样的疼痛让我感觉自己很孤独，或者甚至说，我都不再是自己了。"

"很抱歉让你体验到那样的疼痛。"

"根据你的疼痛评级，我觉得那种痛相当于 10 级，感觉太糟了。"

"你恢复的速度惊人，吐字比之前清晰多了。"

"我想我不记得吐字的意思了。"

"是说你发音正确，爆破音和硬辅音全都完整发出来了。你的说话方式更加清晰，也更加成句。"

"谢谢你。"

"不客气。"

"我能问个问题吗？"

"你说。"

"是我瞎了，还是房间太暗？"

"你还记得昨天、前天都问过我这个问题吗？"

"我记得。"

"就此刻而言，答案还是两者都有。"

"都有？"

"房间很暗，对你眼睛的治疗也没完全起效。"

"治疗完成后，我能看到吗？"

"能。"

"我记得我以前是看得见的。"

"你还记得什么吗？"

"我记得海洋。我记得黄色的房间。"

"还有什么？就这些吗？你昨天能想起来的还要多些。"

"我希望你提问时，问我对具体事情或者图像的记忆，而不是'还记得其他什么？'这种笼统的问题。那样我很难回答。"

"我理解你的挫败感，但我们的对话是整体治疗方案的一部分，我会帮你的。"

"我看得懂，我是说，我明白。"

"你还记得其他什么吗？"

"我记得便士有独特的气味，但不记得具体味道了。我记得下雨了。我记得自己住在一个棕色的小房子里，前院有棵树。"

"等你视力一恢复，我就给你看那所棕色房子的照片。"

"照片里有那棵树吗？我不记得是什么树了，很多种类我都熟悉，比如桦树或者冷杉，但也不是什么树都知道。"

"那是棵沙果树。你还记得别的吗？"

"我想我记得你。之前就记得。是的，我之前就记得你。不是吗，库恩博士？"

3

"库恩博士，再给我放一次音乐吧？之后，我想再玩一次'海洋之声'。"

"好，我会放音乐的，但之后我们玩'森林之声'。首先，我们来玩词汇联想游戏。我说一个词，我想让你告诉我最开始能想到的词或词组，明白吗？"

"嗯，我想我明白了。"

"鸟。"

"是一种温血、产卵的动物，会……"

"不。我不是让你简单陈述事实，或者定义词汇。你对信息的记忆的确令人印象深刻，但我希望你告诉我那些首先想起的词，或者描述你脑海中的景象。你明白吗？"

"我脑海中的景象？"

"没错。我们再试一次。如果你什么都没看见，就什么都不必说。"

"我试试。"

"水。"

"潮湿。"

"房子。"

"沙果树。"

"鸟。"

"我已经回答过……"

"我想让你再试一次。"

"产卵的……动物。这样说对吗？"

4

你的眼睛发痒，据说这样代表着眼睛正在痊愈，很快就能看见了。

在过去的三天里，你每天起床，绕着房间四周踱步。你交替将左手或右手放在墙壁上，具体哪只手取决于你行进的方向。

你还听说，在黑暗中锻炼不算理想，但对于预防萎缩症、增强肌肉非常必要。你睡了很久，根据预期，在醒来后应该会出现机体问题。

今天，你的屋角有一台跑步机。你打断了库恩博士对你房里那台特定型号跑步机的定义和规格的解释，告诉她第一台跑步机是19世纪由英国人发明的，目的是惩治囚犯。你引用了狱警詹姆斯·哈迪关于跑步机的话："单调的稳定，而不是其严酷性，塑成其恐怖根源。"

最初，你将库恩博士的沉默当成了她对你轻松回忆起这些信息的惊讶，你担心这些信息不够准确，或者是什么不该了解的东西。这些认识会对你来这里之前、你那时候的兴趣有什么暗示吗？

你问她还在不在那里。然后立刻用解释修正了自己的问题：在不在"那"附近。你指的是另一个房间，跟你不在一间，但还是能看着你，能在她选择的时候跟你交流。在她回话前，你试着讲了个笑话，问自己是否是在跑步机上锻炼的犯人。然后你笑了，借此向库恩博士表明自己在开玩笑。

她没有笑。她说："你不是囚犯。"

你将腿垂在床边，光着的脚落在了地板上，空气中多了些寒意。你很紧张，想告诉她自己处于痛觉 3 级或 4 级中，这样你也许就不必上跑步机锻炼了——这个你明知道最初是为囚犯发明的机器。

你根据提示向左走了四步，向右走了三步。你用双手摸索着高度齐腰的把手。上面的衬垫与你的手指完美贴合。你用力抓紧把手，感到自己虚弱无力，你不记得曾感觉有力量过。你踩上跑步机的边缘，向前挪步，直到听见她说停下。

她告诉你，会有五声电子蜂鸣，代表倒计时。最后一声最大，持续时间也最长。之后，你脚下的皮带会开始运转。运转速度将受她声控，会根据你的脚步调整节奏。

她说："我不奢求一切完美，特别是考虑到你的条件，还有所处环境带来的挑战。我不会撒谎。你可能会受伤，或许受伤在所难免。非常抱歉，但考虑到现在你已经清醒了许久，对体力和心血管锻炼的好处，远超过低脉冲肌肉电刺激所能达到的效果。"

"你做得非常棒，虽然不是你的错，但计划已经落后了。"

倒计时的蜂鸣声开始了，比你想象得要响一些。你在寒冷的空气中瑟瑟发抖。最后一声响起，在屋子里和你的脑海中回荡着。你不由自主地发出笑声，半是兴奋半是恐惧。你的胃刺痛着，双腿抽搐着。

你向后滑倒，喘息着，这种感觉与你第一天昏迷时非常相似，你记得那是你在这个房间里来回走动的第一天。

"你不是囚犯。"

"走。"

你抬起右脚，步履沉重不稳。你笨拙地蹒跚向前。第二步和第三步迈的步子太大，没踩稳转动的皮带，一只脚的脚跟撞到了什么硬物，肯定是跑步机引擎的盖子。想要补救的你动作过大，步伐歪斜，倒下时全身重心砸在了一条腿的膝盖上，下巴撞在了另一条腿上。你紧握扶手的双手松开了，然后向后滚了出去，重重摔在地板上。

机器的嗡鸣声停下了。你急促地喘息着。你艰难地爬起，用双手捧着疼痛的脸颊说："我很抱歉。"然后你哭了。

她没有问你是否受伤。她念着你的名字，反复念着。她的嗓音不带任何情感，没有音调变化，也没有传达关心的隐藏线索。反复念着你的名字，是为了唤起注意力和专注力。她念着你的名字，直到你不再喘息和哭泣。

她告诉你没事了，虽然你并不觉得没事。她发出指示，让你深呼吸三次，然后站回到跑步机上去。

你的内心有什么对着你尖叫，让你别再相信库恩博士，并要求你质问她，为什么要让你上跑步机，为什么你还在黑暗中，为什么你在这里？

你没问。你不需要发问。你按照指示行事。抓住扶手时，你的双手颤抖着。你听到五声电子嗡鸣的倒计时，最后一声最响亮，也最长。

"走。"

你又摔倒了两次。第二次你的脸撞在了扶手上，在黑暗中激出一片白色的星星。

"走。"

你保持着平衡，找到了舒服的步调和节奏。你走啊，走啊，享受着身体与机械相合的节奏，让思维放飞，想着棕色的房子和沙果树。

她发出提醒，你已经完成30分钟的目标，跑步机关掉了。

皮带不再转动，但幻觉里，你感觉脚下似乎还在运转。幻觉就是某些你想象的东西，一些并非真实的东西。你猜测时间是否也是幻觉，因为你觉得自己走了不止 30 分钟。你猜测她是否在骗你。

5

"你是在罗德岛出生的。"

"罗德岛是海洋之州，也是美国面积最小的州。我们现在在罗德岛上吗？"

"没有，你婴儿时期的睡眠不好。"

"我没懂你的意思。"

"你的睡眠模式——你睡觉时，多久能入眠、能睡多久、什么时候会醒都不固定。"

"这么费劲真是抱歉了。"

"你不需要道歉，当然了，对我用不着道歉。你那时候只是个婴儿，不具有自我意识，不能做出自主决断。"

"为什么要对我说这些？"

"我在同你分享你幼童时期的轶事，因为这是关乎确立你是谁的片段。根据你父母的说法，他们经常会带着你开车在周边转悠，直到你睡着为止。"

"我觉得自己喜欢坐车。"

"你父母还试着将你抱在怀里，靠近正在运行的洗衣机或者
烘干机，甚至会弄出汽车引擎的声响来安抚你。"

"这些我不记得了。我不记得父母，也不记得罗德岛了。"

"你会想起来的，我会帮你。"

"我能问一下我们在哪里吗？"

"我们在远离罗德岛的地方。"

6

"走"成了"慢跑"。

你又摔倒了一次。这次你没等被要求，就爬起来重新上了
跑步机。

7

"你还记得什么？"

"我记得你的名字，安妮。"

"还有什么吗？"

"我还记得，我童年的时候，父母用嘴模仿愚蠢的汽车
噪声。"

"还有什么吗？"

"我记得音乐。"

"你还记得哪首歌吗？"

"我记得你最开始为我播放的那首。8 天前，是吗？"

"是的。"

"我非常喜欢那首歌。入睡前，我在脑海里回想那首歌，醒来时我发现它还在我脑海里旋转。"

"你一直很喜欢那首歌——"

"一直？那不是指很长时间的词吗？"

"是的，没错。我说的'一直'，指的是你第一次听到那首歌的时候，你就很喜欢它了。对我们俩来说，这首歌都非常重要。"

"为什么对于我们俩都很重要？"

"这首歌播放了——呃，标志着我们在一起时很特殊的一个时刻。目前我只能说这么多。"

"你是没办法再说了，还是不想再说了？"

"真敏锐。其实两者都有一点。"

"我不确定自己理解了你的意思。"

"还记得其他歌曲吗，我没给你放过的？"

"应该有吧。我脑海里有个简单的旋律。"

"你能给我哼一下或者用口哨吹出来吗？"

"我不会吹口哨。"

"试着哼一下……"

"这样可以吗？你能听出来吗？"

"这样很好。我能听出来。我非常喜欢那首歌，但它总会让我难过。"

"所以我才记得吗?"

8

库恩博士,或者现在该叫安妮,并没有就你的视力有任何具有仪式感的声明或是警告。这天你只是醒来,然后就能看见了。

房间很暗,但比之前好了很多。第一时间映入眼帘的是你床单和毯子下面双腿和躯干造成的起伏。你对自己说,我以前一直能够看到这些,你相信这一点。你抬起双手,看着自己的双手翻转、握拳。

你坐起身。你剪裁合身的短袖 T 恤并非白色,或许是绿色的。你记得绿色是什么样的,不是吗?你房间里的墙壁很光滑,你觉得墙壁是白色的,但由于太暗,无法分辨。房间角落里的跑步机比你想象的要小一些。你再次望向墙壁,然后是天花板、浴室的门框,还有你醒的时候还没打开的嵌入门的轮廓。

"我看得出来,你能看见了。"安妮大笑。她是被自己玩的文字游戏逗乐了吗,还是因为你的眼睛重见光明而开心?也许兼而有之。最近几次谈话里,她鼓励你不要将自己的思维困在是非题里——非黑即白、非此即彼、非对即错,等等。

"是的,我能看见了。你怎么看出来的?你能够用我的眼睛视物吗？"

"不能。但我可以根据你的行为来分辨。比如你现在是如何用你好看的大眼睛在房里左顾右盼的。"她又笑了。

"我的眼睛好看？"

"是的，确实很好看。"

矩形天花板顶板上的图案网格开始发出微光，光线逐渐亮起来，房里的阴影逐渐散去。

安妮告诉你，你需要几分钟才能适应光线。你眯起眼，耐心等待瞳孔收缩到合适的大小，能够将适量的光线投射在你的视网膜上为止。

你左边的墙壁上，有一块嵌板滑开，露出一块暗色的玻璃。上面映着一个缩小颠倒的影子，是坐在床上的你。

"请将注意力放在屏幕上。"

屏幕上是一片空旷的辽阔草地，绿色和褐色的长草在风中摇曳起伏，你听到了嘶嘶声和沙沙声——这些图像和声音勾起了你心中说不清的情感，令你几欲落泪。草地上方，是同样辽阔的蓝色天空，上面缀着一朵朵白云，其中一朵正向着屏幕顶部缓慢地飘过去。

你记得绿色，并认出了你的 T 恤是另一种绿。你说："我记得那个地方，我去过那里。"这些话可能不是真的，但感觉很真实，而且由于你拓宽了思维，不再局限于是非题，超越了非真即假，所以无所谓了。

9

安妮让你自己完成锻炼步骤（她是这么表述的）。

你开始做俯卧撑，先做了 15 个，休息 10 秒，再来 14 个，然后继续，直到你的胳膊发抖为止。

之后，"走"成了"慢跑"，又成了"跑"。

你没有摔倒。

10

"安妮，我想再看看那片草地，或者再看一部关于深海的电影，拜托了。或者管弦乐表演。"

"首先，我们要玩个单词联想游戏，我说一个词，希望你把你——"

"是的，我明白。"

"你心情不好吗？"

"是啊，我想是这样的。"

"有什么特别的原因吗？"

"我想看我提出来的电影，以及……"

"是的，继续。"

"我想离开这个房间。"

"我答应你，会离开这个房间的，但我们两个人都还没准备好。你的免疫系统还没完全适应。"

"如果我不能离开，你得多告诉我一些关于我和我们的事情，还有我在哪里，为什么在这里。"

"我很快就会告诉你。"

"你会吗？"

"会的。"

"为什么现在不行？我想让你现在说。"

"我们要玩个单词联想游戏。我说一个词，希望你把你想到的第一个词或者词组告诉我。这很重要。"

"为什么重要？"

"这些游戏有助于你恢复记忆，并提高语言流畅度。你的大脑跟肌肉差不多，休眠了那么久以后，需要锻炼和增强。就像跑步机对于你的肌肉，比心血管电刺激更为有效一样，如果你——你不积极参与的话，我能让你达到的认知和记忆增强也只有这么多了。"

你生气了，你不会要求她解释"记忆增强"的方法，让她得意，就算她直接回答了你的问题也不行。

安妮继续道："例如，还记得我们讨论过在演讲中使用隐喻能力吗？"

你当然记得，你还记得自己描述过天花板上的光线就好像棋盘一样。你知道棋盘是什么，但不记得怎么下棋了。

"你生我的气了吗？"

"我希望你不要再问我还记得三天前的什么事了。"

安妮沉默了一小会儿，令你感觉不安，你说："安妮，你还在吗？"

"鸟。"

"我不想这样做。我不想做——"

"鸟。"你不回话的时候，安妮会重复自己的话，"鸟。"

你说："飞行。"

"云。"

"我。"

"我？你为什么会用'我'来回答？"

"我不知道。这就是我想到的。你让我解释，就破坏了自己定的游戏规则。"

"很好，天空。"

"蓝色。"

"家庭。"

"逝去。"

"我们。"

"我们？"

"是的，我们。"

"好吧，你说过我们是同伴。"

11

"请靠近屏幕。"屏幕是蓝色的，跟天空不是一种蓝，是另一种蓝色。

"屏幕上出现一个红色亮点时，尽快用食指按住它，哪只手都行。"

"很好。现在你看到的是一个迷宫。请按住左下角闪动的图标，沿着正确的路线将它拖到迷宫右上角的出口处。你每完成一张地图，难度就会增加。"

"做得不错。你完成的迷宫数量很令我满意，奖励你休息一会儿。我有一个礼物给你。你床底下有一套虚拟现实护目镜。回床上，面对房间，然后戴上护目镜。"

"你现在看到的，是我们以前住的街区。"

"是啊（笑），这天天气不错。"

"请慢点走，将双手放在身前。"

"如果你觉得自己迷路了，为此心烦意乱的话，记得你可以取下护目镜。"

"那个棕色的，前面有一棵沙果树的，就是那个。"

"是的，那是一所老房子。"

"是啊，我们住在那里很开心。"

12

"外面除了你，还有其他人吗，安妮？"

"你总是问我这个，不会有其他答案了。"

你一直问，是因为你不喜欢她的答案。你一直问，是因为也许你提问的方式不对。这就是你的恐惧：你一直无法提出正确的问题，所以要一直留在这间房子里。

你说："你怎么知道从我上次问你到现在，不会有其他人刚好突然出现呢？"

"如果这里还有其他人的话，我会告诉你的。我没指望能在这个设施里见到其他人。"

"为什么不会？"

"我们说过的，全球瘟疫，我们被隔离了。你相信我吗？"

"大多数时候，信的。有些时候，不信。我对你开诚布公。"

"我知道的，你这样很好。"

"有时候，我觉得我能听到房间外面别人的声音。对我来说，听起来或者感觉起来都不像被隔离了。"

"这里没有其他人了。你听到的是我的声音，或者是通风系统中的风声，或者是其他机械声响，再或者你是听到了你房里的声音，然后误以为是别人的声音。"

"也许吧。"

"这里只有我跟你，我保证。你很快就能看到的。"

"很快。你一直说'很快'。我觉得你我对于这个词的理解不太一样。"

13

"上幼儿园之前，你母亲一直在家陪你。"

"现在屏幕上的我是和她在一起吗？"

"是的。"

"我记得她。"

"你还记得什么？"

"我……我记得她。我记得她的笑声，她如何故意在我朋友面前叫我'宝宝'或者'小亲亲'让我难堪。没错吧，不是你告诉我的吗？"

"你上学后，她重新去上班了，她的职业是一名房地产律师。她一忙起工作，常会一天干上 28 个小时。"

"每天不都一样只有 24 小时吗？哦，明白了，你是在用比喻修辞。你的意思是她工作的时间很长，比一般时间长，或者大家预期的要长。"

"你父亲上班的地方叫韦克菲尔德天然气公司，他是现场技术员，主要负责住宅区天然气的交付与维护。"

"我看起来更像我妈还是我爸？"

"我觉得，你是两者各采一半。"

你相信，她想让你就长相问题继续问下去。这个问题很丢脸。她在言谈中一直在帮你找回自己的记忆和身份，找回自己是谁，但只有一堆小时候的照片，她还不许你看到自己现在的长相。你的房里没有镜子，浴室里也没有。你唯一拥有的只是平板屏幕黑下来那短短几秒。黑色的玻璃中，你的影子就像在墨水池里一样漂浮着，但只有个形状，只有轮廓和模糊不清的面庞，然后随着墙上面板滑动，屏幕消失。

"我想让你讲讲跟父母去海边旅行的事。"

"为什么？我们昨天已经说了两次，前天也说过。"

"因为重复讲述，有助于让你记忆，然后记起来更多的事。"

"几乎每到周日，我们都会从我们在波塔基特的破旧小屋，驱车到纳拉甘西特海滩。"

你停了下来，无可否认，当你沉浸在回忆的快乐中时，失望和怀疑都会一扫而空。现在你脑海里拥有与这些回忆相关联的图像了，很让人开心。这些图像以并不连贯的方式浮现在你脑海里，感觉自然而真实。尽管你并不知道这些图像是真实的记忆，还是经过记忆美化过的，再或者兼而有之，这都不重要。它们是你的记忆。它们属于你，而根据旧有记忆延伸的记忆网络，又分支出了新的记忆碎片。这些记忆是你存在的证据，很快有一天，你无需依赖安妮，就能定义出自己了。

"我们起得很早，这样就能在早上 8 点前到达海滩，找到街上的免费停车位，而不必停在收费的沙滩停车场里。起那么早当然是为了省钱，但我父母将这件事设计成了一个游戏，就好像我们是为了获得打败系统的乐趣才那么做的。妈妈总是说什么打败系统，我就习惯想象这个系统是一群穿黑西装戴墨镜的人组成的，他们盯着你，趁机收很多钱，我父母必须加班才能平衡开支，但这样就没办法在家陪孩子了。

"去海滩的前一晚，我会早早上床，并提前穿好泳衣。虽然沙滩上有更衣室，但里面很黑，就好像你放给我的那些战争电影里的地堡一样，而且地上总是有一层脏水和沙子。

"去沙滩的路上，妈妈总是用沙滩巾当毯子裹着自己睡觉。爸爸还是会放着广播，一路哼着广播里的老歌——他管那些叫老歌，再自己瞎编些歌词，让我笑上一路。"

"你沉浸在回忆那无可否认的愉悦中了。"

"我喜欢开车去海滩。这是我最喜欢的部分。开车穿过城市，然后到达开阔的海滩，这种事会让我感觉我们魔法般地穿梭到了别的什么地方。

"下车步行的那段路上，爸爸和我会打赌浪头大不大，由妈妈来评判浪头高度。赌输的人要第一个钻进水中，水总是很冷。那种冷，会让你在重新浮出水面时，不由自主地倒吸一口凉气。

有时候爸爸输了会耍赖，他会把我抱在怀里，强迫我跟他一起下水。

"午饭也吃得很早，之后妈妈和我会去远点的地方散步，如果退潮的话，我们会顺着沙滩一直走到几百米外的沙洲上去。往回走的时候，妈妈会跟我赛跑，等我冲刺的时候，她自己再冲刺。她总是会超过我，让我知道她跑得更快，但之后会减速，假装精疲力竭，让我获胜。"

14

屏幕下方，贴着墙有个很长的木桌子，桌子的四条腿不太一样。你猜测，这些桌腿是用其他桌子的腿拼凑的。桌子上方，是一扇看起来像是玻璃纤维制成的门，刷成了白色。从上面的红色划痕和深一些的凿痕来看，这并非它原本的颜色。

"我已经安排了一些活动，帮你恢复双手的灵活度。考虑到多年来你一直用双手工作，我相信很快你就能恢复。"

你举起双手扫视着。你无法抑制地觉得与它们有隔阂，就好像出了些错，它们不属于你一样。似乎它们没可能建立和维护那些安妮声称由你所建立和维护的一切一样。

"你会喜欢的，触摸实物的感觉。与前一周体验过的触摸屏和 VR 相比，这种感觉会充实得多。"

你想问她怎么趁你睡着时把这张桌子搬进来的。你再次怀疑和担心起她对你睡眠的操控程度。你是否已经睡了好几天，而不是几个小时？她是在房里搭起桌子的吗？桌子看起来很沉、很笨重。你决定不睡了，如果必要的话熬个通宵。你每天晚上都是这么决定的，但都失败了。

门那里，或者说桌子上有四个浅口塑料箱，第一个装满了类似微型原木形状的木块，每一块的两端都有凹槽，有些中间也有凹槽。屏幕上显示的是一张示意图，只有图像和数字，详细说明了你要如何建造小屋。

"这些不是某种小孩子的玩具吗？"

"这是一种难度渐进的训练方式。"

第二个箱子里装满了彩色的方形纸片。第三个箱子里装有各种金属螺母、螺栓、轮子、压杆、齿轮、胶带和铆钉。第四个箱子是最大的，里面堆满了形状奇特的木头块和工具。

"用过第三个箱子之后，你就会用螺丝刀了。第四个之后，你就会用电钻、锤子和手锯了。工具都在桌子下面。在开始使用第一个箱子前，你还有问题吗？"

这些临时拼凑的闲置零件堆让你有些烦恼。它暗示着，关于你的处境还有更大的问题或困难——那些以你的能力还无法解决的问题或困难。

"这张桌子是某个人做的。"

"嗯，是的。某个人做了所有这些。"

"我不是这个意思——"

"你现在可以从第一个箱子动手了。"

"是你做的这张桌子吗？"

"不是的。"

"是我以前做的吗——我在这里醒来之前？"

"你没做过。不过练习一阵子，如果你想，就可以做个更好的。"

你用双手揉挲面庞。出于某种原因，比起她其他的问题和回答，或者干脆不回答，这个答案更让你挫败到生出怒气："嘿，你怎么知道我不会用这些工具伤到自己？"

"你必须小心，我相信你会做得很好。"

"不，我的意思是，你怎么知道我不会故意伤到自己？"

"你为什么要那么做？"

"因为我很绝望。因为不管你说什么，很明显我就是个囚犯。"

"你不会伤害自己的，因为你不是囚犯。我不能说太多。"

你弯下腰，取出桌下的螺丝刀和手锯。你站起身，挥舞着工具，把它们在空中晃来晃去。你觉得又强壮又虚弱，这两种感觉同时出现在身上。"我感觉自己像个囚犯。我不觉得我们在这个——不管这是什么玩意——里面是一起的。"

"在到这处设施前，我们是同伴，现在还是。拜托了，我明白你很沮丧。真的。我知道完全理解是不可能的，但我现在所做的一切，都是为了帮你找回自己。我们必须得一步一步来，一点一点地完成，而不是一下子做完。"

"我恳求你，多给我看些东西，多给我讲些东西，关于我的，关于你的，关于我们的，关于这一切的。否则我会有些极端的行为——"你靠在桌子上，露出左前臂的内侧。你把手锯抵在手腕上，锯齿很锋利。你不知道自己能否将手锯刺进皮肤里，但你想这么做。

"拜托了，这没必要。我会给你多放些视频，我保证。我之前就打算给你多看些东西，关于我和我们的，因为——你必须相信我——你一直做得很好，我们已经穿过那扇门，朝着你的自我走得很近了。"

"穿过那扇门，我要去哪里？"在拿开锯子前，你稍微使了点劲。锯齿的痕迹清晰地印在了你的皮肤上。

"你和我会去我们的房子。"

"那个棕色的老房子？"

"是的。"

你想问她，能不能现在就去那个房子，但你没问。你知道，安妮会拒绝你。然后你会再次将锯子放在手腕上，而在你继续发出威胁和讨价还价之前，安妮会说："如果你伤害自己，你就不能去棕色房子了。如果你用这把锯子伤害自己，你会因为失血而昏倒。也许你醒来时会被捆在床上，也许根本就不会再醒过来。"

15

你之前就看过了，现在，应你所求，又连续两天一直在重新看这些视频。这些家庭视频拍的是安妮。最早的那些画质很低，图像模糊，图像色泽兼具过于黯淡和过于鲜艳的问题。随着视频中的安妮年岁渐长，视频的画质变好了。

18 个月大的安妮坐在草地上，轻轻拍了拍一只熟睡的棕白色小猎犬。镜头外面，她的叔叔丹尼斯试着教她说："屎——"她却说："坐——"①

4 岁的安妮用手臂环着她兄长马特的脖子。马特在玩电子游戏，并没有理会她"跟我玩"的请求。

6 岁的安妮在生日蛋糕后面跳来跳去，甩着又直又短的头发，露出缺齿的微笑。房间里所有的人都在歌唱。

9 岁的安妮骑着自行车向一个小斜坡（用牛奶箱上的胶合板搭的）冲过去，她的兄弟和朋友们站在街道那头的房子前。镜头外面，她的父母争执着是否该拦下她。安妮摇摇晃晃地碾过斜坡，自行车前轮先着地，然后摇晃着，几乎蛇行着撞向路沿，

① 屎（原文"shit"），坐（原文"sit"），此处原文在发音上有相似处。

但安妮稳住了车头，像海豚一样顺着正确的路线滑行过去，同时一只手握拳伸向天空。

12 岁的安妮跟兄长一起坐在野餐桌旁。那天是马特的 18 岁生日，外加高中毕业派对。与她刚长成大人模样的兄长相比，安妮显得如此瘦小。马特在念自己的礼物和毕业证，他的笑话没能逗乐她，她以手托腮，正在生闷气。

14 岁的安妮为校篮球队投出了制胜的那个三分球。她的队友们微笑着将她团团围住。

15 岁的安妮在朋友们给她膝盖术后的石膏[①]上签字时露出微笑。

16 岁的安妮跟队友一起前往蒙特利尔参加脑科学大赛[②]的国际高中组竞赛，这才第二年，她已经是竞赛组织学部分的领头学生了。她俯身在显微镜前，伴随着时钟的滴答声，快速辨认着尽可能多的大脑和神经组织载玻片，并说出这些组织相应的功能。她脸颊上贴着黑色眼睛形状的贴纸，在她的说服下，她的队友也是一样的打扮。最后，在取胜的那个回合，她和队友击掌庆贺。

---

① 一种习俗，在手术后的石膏上写祝福语。

② 脑科学大赛（原文"International Brain Bee Championship"）：发源于美国，是一项面向全球青少年的竞赛，旨在鼓励学生认识和探索人类大脑。

安妮（现在的那个）对着对讲机嘀咕着什么，你没完全听清，又或许是没完全理解。然后她对其余录像使用快进功能，那些你都记住了：高中毕业舞会，高中毕业仪式，安妮进入大学宿舍，安妮和大学里的朋友们准备出门，还有个在实验室里拍摄的视频——安妮和她朋友伊莎贝拉都穿着白色的实验室工作服，一边跳着精心编排好的舞蹈，一边合着丹迪·沃霍尔乐队的歌曲《我是个科学家》。然后是大学毕业，搬到第一个公寓里，安妮为祖母致纪念辞，安妮走到台上接受博士学位，一堆跟家人一起度假的视频——里面的人数量和年纪都在你的眼前增加着。

安妮说："该死。"

你不确定发生了什么事，你不知道她为什么听起来这么难过。你问："出什么事了吗，安妮？你还好吗？"

"我不能——我不能再看这些了。我看了太多太多次了……很抱歉。我们，嗯，跳到最后一个吧。我们只把最后一个多看几次。"

"我做错什么了吗？我做了什么让你不开心了吗？"

"没有。你已经——做得尽善尽美了。"

"尽善尽美？"

"我是说，你已经达到了自己所能达到的完美程度了。"

你当然不觉得完美。你的肌肉酸痛，从将时间花在笨拙地钻洞和敲钉子开始，你的双手就满是水泡和疮口了。你的鼻窦充血，喉咙疼痛，从你今早醒来开始就是这样，这表明你的免疫系统仍存在问题。但你不想让她知道。

安妮说："我只是太累了。"

"也许我们应当停下来，休息一下。"

她没对你的建议有所回应，只是播放着最后一个家庭视频。

这个视频里，你和你的手机摄像头一直追着安妮在拍，你们绕着你们俩一起买的那栋巧克力色的房子。你偶尔会翻转镜头对着自己，让自己的脸填满屏幕。当然了，视频里的你比现在的你要年轻，但年轻多少岁你就不知道了。你心想，那张脸就是我的脸。尽管你已经看了这个视频有几十次了，还是难以自制地对再次出现的自己感到失望。与此同时，你有些爱上了曾经的自己，渴望再次重拾丢失的记忆。

安妮担任向导，引导着镜头参观你们的房子，而你短暂出现在镜头里时都会做些傻兮兮的、令人印象深刻的夸张表情。安妮自称是"棕房子档案记录员"。每新进入一个房间，她都会背诵一段虚构的历史，一段被时光遗忘的喜剧、浪漫或悲剧事件。而你对她的话做出回应，说些类似"这太棒了""他们真的不该在浴缸里这样做""我们再洗一次地板真是太明智了""他们从此过上了幸福的生活"这样的话，表达着自己的肯定或者同情。

视频里，你的声音不像你的声音。也就是说，你在视频里的声音，通过扬声器传出来的声音，与你说话时听到的自己的声音不太一样。你明白，所有人在听到自己的声音时都会经历某种听觉分离感。"我的声音是那样的吗？"你理解，你听到自己说话时的音调和音高是经由空气传导过的声音，和直接到达你耳蜗后由大脑组织传递的声音混合而成。但你录下来的声音区别会这么大吗，都听不出来是自己了？难道不应该存在一种潜在的节奏或韵律，可以将自己识别出来吗？

视频中的游览最后停在了楼上的卧室里，你清晰记得的那间。墙壁粉刷成了明亮的黄色。安妮穿过房间，打开了一扇窗。她说："我一般不喜欢黄色。但这个黄色，我很喜欢。"你说自己讨厌这个颜色。她白了一眼镜头，伸了伸舌头说："无论如何，这是我的办公室，所以你怎么想无关紧要。"她躺在地板上，伸直胳膊说："我的，都是我的！"你走进房间里，将镜头悬在安妮的脸庞上方。她直视镜头，露出得意的笑容，就是那种像知道什么你不知道的秘密一样的得意笑容（在你的想象中，现在她跟你说话时也是这个表情）。你提醒她还没讲述这间房子的历史。她的笑容褪去，她移开眼神不再看摄像头，张开嘴道："这间房曾是一个悲伤之所，刷着悲伤之色。"你说："紫褐色吗？"她说："这里属于一个悲伤的女人，她在这里养育着一个非常悲伤的孩子。然后有人贴心地把这里刷成了黄色，这样我就不会拥有一间悲伤的办公室了。"有一瞬间，你们俩都没开口，然后安妮看向了摄像头。你问："你怎么知道一个孩子是否悲伤？"她说："因为她哭了啊。"你们俩都笑了，然后你将镜头里安妮的脸放大，直到她假装尖叫着打掉了你的手机。

安妮再次重放棕房子的漫游之旅。在播放时，她背诵着自己在视频里说过的话。

在第三次重看视频时，你跟安妮一同开始背诵起你们的对话。

16

你的鼻窦充血很严重。太用力深呼吸会导致胸腔里面出现剧烈的疼痛。你没办法对安妮隐瞒这一点。你将自己恶化的症状告诉了她。

安妮看起来似乎并不惊讶，就算考虑到所谓的瘟疫，她似乎也并不担心。你猜测原因可能是她说的话，或者说话的方式，但并没有什么信心。

你没有在跑步机上跑步或者慢跑，只是走了 5 分钟，便觉得头晕目眩。停下的时候，你告诉安妮自己脑袋里像是灌满了沙子。你想让她对这个比喻印象深刻些。她让你解释。

你有些低烧。安妮解释过体温多少度才算是低烧。你很热，又很冷。你出着汗、颤抖着，肌肉酸痛，就像刚在这个房间里醒来时一样。

今天播放的视频是个教学视频：如何建篱笆？

17

"现在，我会进到你的房间里。我的外表可能会吓到你。我看起来——呃，比你记忆中的要老一些。"

你仔细回想安妮的样子——你从视频中，从她的声音中，从她的言语中得出来的形象。你慢慢从床挪到了屋子中间，用手臂遮住嘴低声咳嗽。你盯着门，你花了数不清的时间想象着这扇门打开的样子。你的想象里还包括面对面的场景，还有逃生计划，这些随着时间流逝变得越来越离奇，越来越复杂，也越来越富有戏剧性。昨晚睡觉前，你想象着那扇门打开后，露出背后的一片虚无，尽管门外是无尽虚空的可能几乎为零，但你可能偶然发现了真相的隐喻。

"对我的到访满意吗？"她笑着说。

你说："是的。"不过你比昨天感觉更糟了。你脑袋里的沙子更多了，沙子还渗入了你的身体，让你的肌肉都变得沉重和虚弱起来。

对那扇门最终打开这一点，你没有感觉到极度喜悦，也不觉得特别害怕。你满脑子是脑海里安妮的物理图像，你不停猜测着，想用正确的形象替换掉它。

充气的嘶嘶声响起，门滑进了你左手边的墙壁里。她说："我在这里。"安妮的身影从灯光昏暗的走廊里显现，她走进了你的房间，她的步伐轻快自信。她有一头灰色的齐肩长发，灰到令人惊讶。她的唇边和眼角聚着许多皱纹，五官也不再如你记忆中的那样棱角分明、皮肤紧致。她穿的衣服与在棕房子之旅视频中所穿的一样：牛仔裤加贴身的黑色连帽运动衫。你用手捂住嘴，开始哭泣。

"你好。"她挥挥手，她的微笑一如视频中那样，一如你记忆里那样。

"你好，安妮。"你同样挥挥手，然后不知该把手往哪里放好。她比你想象的要矮一些，但她的身影却让房间很拥挤。"你看起来……很好。"

"呀，你说话的时候顿了一下。"

"很抱歉。"

"无须抱歉。我只是开玩笑。"

你笑了，然后止不住咳嗽起来，嗓子里就像着了火一样的疼。

"你这咳嗽，听起来不大好。"

"我——我跟你年龄一样吗？"你再次敏锐地察觉到，你还没完整清晰地看见过自己的脸。但是，通过黑下来的显示屏，你看到了不少东西，至少你的头发不是灰色的，你身体的皮肤也没有皱纹。

"不再是了。这解释起来有一点复杂。来吧，我们先走。"她伸出一只手，掌心朝上。

"去哪里？"

"在这里，我们还有些活儿要干。"

"我生病了，所以可能你应该远离——"

安妮抓起了你的一只手。

白色蜿蜒的走廊很宽敞，空荡荡的。天花板的顶板与你房间里的很相似，但光线很暗，没有那么明亮。最初的一段路没有窗户，四周只有光滑的墙壁和气动门的轮廓，旁边是小型的正方形安全纱窗。瓷砖铺砌的地板上落满了灰尘，上面印有形状大小各异的脚印。

你问："所有这些都是你的脚印吗？"你忍不住伸脚上去，比着这些脚印。

"这里只有你和我。"

你注意到了，她没有直接回答你的问题。你突然很害怕，你慢下脚步，想问问她是否能带你回自己的房间。你没打算进入这样一个辽阔又错综复杂的死域。

安妮轻轻拉着你说："如果我们有更多的时间，我想带你去你之前工作的工厂。太阳能电池板和风力旋涡机域真的是个奇迹，值得一看。它们存在的目的只为了自给自足，这要感谢你的智慧，当然还有维护部门的。只有一台旋涡机烧坏了，我只需要更换两块太阳能电池板。"

"我们现在在哪里？"

"我们还是在被大多数人称为设施的地方。我们所处的方位是外部的医疗环。这里你能看到的不多，真的。生物科学实验室的大部分都位于内环中。我们要弯身通过一个出口，很快就能到外面了，然后我们就到家了。"

"家？"

"是的，家。"

你们走过之处，走廊四壁那光滑的墙面最终让位于整扇的落地窗。

深色的玻璃上覆了更多的灰尘。

"那间房是做什么的，我们刚经过的那间？"

"另一个基因实验室。"

"你在那些实验室里做什么？"

"很抱歉，但你没有权限问这个。"她笑了，你说不准她为什么笑。"我也不在这些外环的实验室里工作。"

"那是谁在这里？"

"其他科学家们。"

"其他那些科学家去哪了？"

"他们离开了。"

"为什么？"

"因为几乎所有人都病了。"

"瘟疫？"

"是的。"

"大家都跟我一样生病了吗？"

"恐怕没错。我很抱歉。"

"我会怎么样？"

"你或者会好起来，或者不会。再说一遍，我很抱歉。不过现在，我们要一起度过特殊的一天。"安妮拽起你的手，拉着你穿过外环。

"你准备好去外面了吗？这是我最喜欢的部分。"

你还没来得及说话，安妮就用两只手抓住水平推杆用力一推，紧急出口的门一下子开了。核聚变驱动的太阳放射出耀眼的光芒席卷了你，你闭上了双眼，用颤抖的双手捂住了脸。你聆听着风声在你耳郭里呼啸。空气的味道，还有接触你的皮肤和嘴唇，进入你肺部的感觉都难以描述。不过也没关系，因为即便你能描述出来，也不会选择用不能达意的词汇来玷污这一刻。

安妮将你慢慢拉出建筑的阴影，走到外面炎热的日头下。她说："这里并非海洋州，但我们离海也就一公里的样子。你能闻到咸味吗？今天海水的气息很重。你不记得大海的味道了吗？"

尽管你的鼻窦充血很严重，还是能够闻到。至少你觉得自己能闻到。你缺少水和波浪相关的嗅觉记忆可用以比较。这令你羞愧（是的，羞愧，因为这怎么能不是你的错呢），在海边的完整感官体验你已经不记得了。忘记这些，就像失去了曾经自己的一部分，忘记了曾经的自己。但是，怎么会有人把犹如海洋这样辽阔的东西，丢到记忆中尘封的角落里呢？假如，遗忘就像打开一扇通往虚空的门，又会怎么样呢？找不回的记忆是因为从来没有存在过，从来没有在那里。

这些建筑群里还有数不清的其他建筑，外表是钢铁和玻璃铸就的循环弧形。你猜测是否设计初衷是想仿照海浪的样式。你没问出口。

安妮告诉你，设施对面的椭圆形建筑被称为宿舍。

你告诉她你记得，但你并不记得。

对于宿舍，或者建筑群的延伸，你并不在意。你更愿意看着树上的树叶，那些树的树枝就好像巨大的手，拉着攥着建筑群本身。你更愿意看着朵朵云彩在蓝天中飘着。在闭着眼睛走路也不会摔倒的地方，你会闭上眼睛，让脸直对着太阳。

园区蜿蜒的小路上满是杂草，原本的步行道已经开裂泛白。你没走多远，但已是气喘吁吁。安妮给了你一瓶水，鼓励着你，告诉你马上就到家了。

你爬到了一座小山的顶上，山脚下目力所及之处，看起来像是更多医疗和研究建筑的废墟。但前方最显眼的地方，大概百步之遥，一个空荡荡的停车场的中间，立着一栋两层的棕色小房子。你的房子。

"今天我们必须开始建围栏。"

穿过崎岖不平的步行道，就能到达那栋坐落在长方形草坪上的棕色房子了。草坪有些棕色的斑斓，除此以外还是保护良好的模样。前院的沙果树没有你印象里那么高大。安妮感叹着，也许是晒了太多阳光，导致它无法发挥充足的生长潜力。

"这是我们的房子？我们住在这里？"

"是的。呃，并不是我们一开始的房子。只是个复制品。不算完美，但是你知道的，"她停下来，摩挲着你的胳膊，"没有什么是完美的。"

安妮解释道，一开始她撬开、铲除路面，清出了家所需要的地盘。这项工作花了许多年，但之后她用砖头、杆子和墩子，草草搭起了地基。"估计无法通过正规的房屋审验，不过至少房子建起来了。"

"这些都是你做的？"你问。

"我有很多时间，很多助手。"

"现在你的助手都去哪里了？"

"他们都没了。"

"他们也生病了吗？"

"是的。但也许你会是好起来的那个。"

一开始，阳光晒着的感觉很好，但光和热逐渐让你觉得头疼。"这就是我一直待在房间里的原因吗？"

"也是，也不是。你待在那里主要是我想等你想起来自己是谁。"

"我几乎什么都忘记了，因为我睡得太久了。"

"是这样的。"

现在你记得许多事情了，即使你的头隆隆作响，视野也模糊起来。

"我睡了那么久，是不是因为我和其他人都生病了，而你试着帮我？你怎么没得病？"

安妮双手合十："我们会在早上谈论这个的。现在你能开始动手帮我修围栏吗？尽管很难相信，不过围栏是我们需要建的最后一样东西了，之后我们的房子就完工了。"

你咳嗽着弯下身去，视野的外圈模糊了一小下。你做了几个深呼吸，然后再次开口："你是说，我们的赝品房子？"你踏上前院的草坪。房子看起来跟你记忆里的一样。种种感觉——思念还有类似的一些感情涌上心头，如果不是幸福的话，至少是满足，或让你感觉到渴望的痛苦。

"是一回事。"

"是吗？"你移开目光，不再盯着房子，而是扫视着四周——人行道和下沉的残余，建筑群这个庞然大物的外骨骼，"整个世界其他地方也都是这样的吗？"

安妮耸耸肩说："大多都是。肯定还有幸运的幸存者，不过没人来敲我们的门。"

"在我睡着的时候发生的这一切吗？你为什么要叫醒我？"

安妮脸上的笑容僵住了。她说："来吧，篱笆的材料堆在后院里。"

草地边缘堆着工具和木头。安妮说，有些材料是取自维护部的，不过多年以来，她成功地清理了本地的废弃房屋，并发现了一个大概两小时车程的零件店，那里还没有被完全清空。

"我们今天只管把篱笆的后面部分搭起来。我们不会赶得太紧。我知道你不舒服。"

你帮助安妮测量杆子之间的距离，在木制的篱笆桩上钻孔，挖了六个杆洞，将杆子埋进洞里，再倒上快干混凝土，然后你休息了一下。你坐在树荫下，喝着柠檬水，吃着配给口粮。柠檬水刺痛了你的喉咙，但你没有抱怨。安妮说着话，你不发一言。你竭尽全力节约体力，避免自己昏倒。

整个下午，你和安妮都忙着将栏杆固定在竖杆上，再将桩子固定在栏杆上。尽管安妮几乎一直在鼓励和赞扬你，但你觉得很羞愧，因为你没能像想的那样，提供给她足够的帮助。你砸弯了钉子，螺丝也拧得歪歪扭扭的。安妮只能重来一次，对大多数你的工作进行返工，纠正错误。你的双手操作起来很慢也很笨拙。你的双手不记得自己曾属于谁了。

庆祝晚宴（玉米、烤土豆、绿叶蔬菜）的大部分材料都来自安妮的花园，她在园区另一个区域种植的。

"我琢磨着，辛苦了这么半天，你不会介意只吃些淀粉食物吧。很抱歉，不过我只能搞到这么多蛋白糊糊。我试过养些鸡鸭，但我不擅长保障它们的健康。"

厨房跟你记忆中的一模一样，这也是一种安慰，因为视频里你只看到了一个空厨房。之前是油毡，然后换成了薄布，再是一个小餐桌。你不记得更换过橱柜和家用电器了，但不知道为什么，你还清楚地记得这些东西在哪里，看起来是什么样子的，也许你甚至记得安妮就像现在这样坐着的样子，看起来就跟现在一样，但你知道那肯定不可能，有可能吗？也许你的记忆是自己生成的，就像太阳能电池板和风力涡轮机一样，你的记忆也正在变得自给自足起来。

"你不饿吗？"

你不饿。你的舌头肿胀，咀嚼和吞咽成了无法做到的苦差。

"我很好。"你说。

"你看起来不好。"安妮看穿了你。你已经知道这个习语了，而现在也许是你第一次理解了它。她说："来吧，我们上楼。"

"我们又是谁？"

安妮歪着头，皱起眉看着你，默默盘算着。

"我们是谁，安妮？我们在一起做什么？"

她把头发拢到脑后，草草扎了个马尾："我不确定你在问什么。"

你咳嗽着，喉咙和头传来一阵阵裂开的疼痛，让你有些瑟缩："怎么描述你和我？我们是同事？是朋友？是夫妻？是情人？我们是什么？"

安妮用一只手捂住嘴笑了。她笑到满脸通红，无法呼吸。尽管你感觉很糟糕，但你也笑了。

她停下来，但脸上仍有一丝笑意。她眼神朝下看着桌子，不再看你："曾经，我们拥有所有这些关系。现在，我们是同伴。"

"你的双手不记得它们曾属于谁了。"

外面，太阳还没有完全落下，但屋里已经昏暗起来。安妮拉着你的胳膊，上了第二层。如果你关于这栋房子的记忆没错的话，你们进的房间是她的办公室，墙壁是黄色的那间。

她说："最近，我决定把这间作为主卧使用。我知道这间房小一些，但我很喜欢清晨阳光映在黄色墙壁上的感觉。"

安妮帮着你换了干净的睡衣。睡衣的材质比你一直穿着的套头衫和白色系带的外科手术服更加柔软。你慢慢爬上那张大床，木制框架被你的体重和动作压得吱吱作响。你面朝窗户，向右侧躺着。头陷入枕头上时，安妮把床单拉到你脖子的位置。你烧得更厉害了。牙齿咯咯作响，睡衣很快就被汗水打湿了。

安妮回身去了房间那头的一张办公桌旁，离门口不远。她点起一根蜡烛。你面对着的墙壁上闪烁跳动着诡异的橙色火光。

"你需要休息。明天是个大日子。对我俩来说都是。"

她爬上床，但没盖床单，没跟你一起钻到床单里。她把一只手搭在你的肩膀上，答应会陪着你睡着。你闭上眼睛，但还是能看到墙上的橙色火光。

你在黑暗中醒来，你坐在床边，双脚放在木地板上，哭泣着。

安妮没在床上，没在你身边。你肌肉酸痛，关节像被碎玻璃塞满了一样。你不想动，但你起来了，就好像你的大脑比身体慢一拍似的。你拖着脚走到门口，摸索着门把手，沾了你手上的汗之后，门把手冷冰冰的。你打开门，心里很害怕。害怕什么，你也不知道，但恐惧让你大脑一片空白。你沿着走廊拖着脚走到浴室里，就好像走廊是跑步机的皮带一样。你扭动水龙头，但里面没有水。你颤抖着、呻吟着，双手打着战，因为你看到了墙上的镜子。镜子很黑，但你看到了里面的自己。你看到了自己是谁。你一把抓上了身边的墙灯开关，但灯没亮。你屏住了呼吸，一动不动，镜子里的你也是一样。你俩都眨了眨眼。你俩都抬起一只手，放在脸上。你不是记忆中的自己。你不是安妮给你看的照片和视频中的那个人。你完全是另一个人，你想要大喊，但只发出低低一声哀恸的呻吟。

你眨了眨眼，不记得自己怎么去了那里，但你回了黄色的卧室。你站在窗前，拉开窗帘，再笨拙地拉开百叶窗。外面，月亮缺了一块，但还是那么大、那么亮。你坐在床边，盯着月亮。然后你站起身，看着山下的宿舍。那儿并没有你想象得那么远，在月光下你看得很清楚，一切都能看清。你看到了大理石铺成的前门出口，还有那里干涸的喷泉。安妮出现在宿舍的玻璃门之间。她拉着一张轮床向后倒退着。轮床上躺了个人，床单盖住了他。她握着把手转了个弯，她的双臂挡住了你的视线，你看不到那个人的脸。然后，在硕大的月亮下，他们的身影很小，你无法看得清楚。因为他们跟你的距离比你想象得更远。

你在黑暗中醒来，你坐在床边，双脚放在木地板上，哭泣着。你听到安妮踩着楼梯下了大厅，然后进入你的房间。蜡烛已经熄灭了，从你身后的窗户洒进来的月光不够亮。

你问她，一遍又一遍地问："谁，我是谁？"你还一遍又一遍地问她，那个轮床上躺的是谁。

安妮站在房间中央，环抱双臂。她问："怎么了？"

你告诉她你看见的情景，但你知道你描述得不好，而且你的声音似乎很遥远，距离你自己非常遥远。

"嘘——不，那是个梦。因为你在发高烧，你做了个发烧的梦。幻觉。那就是为什么如此真实的原因。浴室里没有镜子，你明天可以看看。"安妮没有回答你的问题。她领着你回了卧室，拉起被子盖在你身上。

你让她留下，但她没有留下。她关上门，落了锁。

安妮念着你的名字，轻轻摇晃着你的肩膀。

房间里灯火通明，黄色的墙壁亮得刺眼。你喘气时胸口发出深深的咔咔声，吐气时又会发出嘶嘶声。

"早上好。我知道你不太好，但我们必须下楼，在餐桌上做完这个，然后你就能休息了。加油，我们几乎完工了。"

安妮让你坐起身，将右臂搭在她的肩上，然后扶你站起来。清晨的阳光让黄色更加明显了。墙壁发着光，灯光成了让人迷失方向的醉人薄雾。你不想离开这间房子。这是一间你可以永远待下去的房间。

你们两人蹒跚着走进走廊，然后下楼，每次走一级台阶。你想要求去看看浴室，看看是否真的有面镜子，还是在该挂镜子的地方有块空地，但是太迟了。你不会再爬上楼了。

安妮把你安顿在餐桌旁的椅子上。你的头耷拉着，抵到了胸口，也许你睡着了，也许是晕过去了，但左手臂上传来一阵刺痛，你醒了过来。

她说："你脱水了，我正在通过静脉注射给你补充液体。这样比单纯喝杯水更加有效。"

冰冷的液体涌上你的手背，涌进你的前臂。过了一小会儿，你能抬起头看看四周了。你身旁有个金属架，一整袋澄清的液体正挂在架子顶端，通过一根细管与你的手背相连。餐桌上有个巨大的黑色笔记本，书脊上插着根铅笔。

"你明白了吗？感觉好点了吗？"

你说："我明白。"这是在棕房子里，那个复制品，你记得的。说话很难受，你的嗓音不像自己的了。你不想听到那样的嗓音。

安妮将笔记本从你旁边拿开，放到桌上的空处。她说："我们要谈一谈。这是我们曾经有过，或者即将拥有的对话中最重要的一个。拜托，请将所有你记得的东西，还有你了解到与自己相关的东西——关于你以前是谁，你现在是谁——铭记于心。在这么短的时间里，你做得非常不错。我对你做的一切感到非常骄傲，但是你必须在谈话期间保持精力集中，不要让自己走神。你必须将自己的注意力集中在正在讨论的参数中。不要再问我关于昨晚，或者之前 30 天的任何问题了。拜托。我需要你为我这样做。"

"因为我们是同伴？"

"是的。因为我们已经成为最神圣的同伴。我去换个衣服，期间会把你留在这里，但用不了几分钟。别起来，别动。这部分也很重要，因为这样——你自己一个人坐在餐桌旁——这样我就能找到你。我就是这样找到你的。事情就是这样开始的。"

她离开了。你咳嗽着，声音很可怕，你知道你的胸腔里面伤到了。你盯着手上的针头和塑料静脉输液管。你想象着自己，那个你昨晚在镜子里看到的人，想象着你总是等在这里，就在这间厨房里，等安妮回来。你试着想象她会对你说什么，而你又会对她说什么。

安妮回来了。她穿着法兰绒衬衫和蓝色牛仔裤。她将笔记本放在地上看不到的地方。她闭上双眼，做了两次深呼吸，然后开始。

她说："你在这里做什么？你应该待在床上的。"她的感情出现了变化。她对你的熟悉程度也不同了。从她的姿势、睁大的双眼还有动来动去的双手，你可以看出来这些。

你不确定自己是谁，也不确定自己应该是谁。更不确定应该说些什么。你猜测了一下。"那里太亮了，我想喝杯水。我——"

"你听起来很糟糕。"

"我感觉也同样糟糕。"

"你应该让我把你带回设施里。在那里我能更好地照顾你。"

"不，我不会回去了。绝不。"你还记得自己在那个房间里醒来，记得当时的感觉，你再也不想有那种感觉了。"你不是把我放在其中一间里，然后离开我——"

"住口，我不会离开你。如果你待在这里，是好不了的。"

"如果我回去的话，也一样好不了。"

"我们得试试。我们必须得尝试一下！而不是坐在这里看着你死去。"

你停了一下，不确定该说什么，或者她想让你说什么。你试着想象自己的脸不是镜子的那个，而是你在视频里看到的那个，在记忆里看到的那个："好吧，我不想那样，但是好吧。如果你真的想让我去，我就去。"

安妮摇了摇头，她激烈的情感发生了变化。她对你弯了弯嘴角，挤出一个微笑。她用一只手捂住嘴，轻声道："你做得很好。这是我唯一一次纠正你，我保证。你得说，'我为什么要回去那个地方？你为什么想去？你是那个说自己确信病毒是从宿舍里冒出来的人，'这样说，然后我们就从那里继续，我不会再纠正你。好吗，拜托？"

你咳嗽着。你点了点头。她重复了她想让你说的话，然后你说了一遍，一字不差。

安妮说："我从没说过我相信。"

"安妮，你说过——"

"我说的是，我们培养出加了 DNA 重组新编辑器的空白对照组，那些得病的是第一批生病的。但是具有相互关系，并不代表就有因果关系。一个该死的动物感染了病毒，它会从动物实验室中的一间飞出来吗？我们都知道的。我们真的还不清楚它是从哪里来的……"她的声音越来越小，很明显自己也不太相信自己的话。

你太累了，几乎抬不起头。你并没有完全理解她的话，但不由自主就吐出了这些话，就好像这场对话是你的一部分，就藏在你内心深处某个地方。你说："你是唯一没有得病的人吗？"

"不是。布里安娜和亚历山卓都没事，不过……"

"不过？"

"我不知道他们现在怎么样了。他们四天前就离开了综合大楼，跟其他人一样。"

"你是否，我不清楚，给自己以某种形式接种过疫苗？"

"天啊，没有。如果我能那样做，你不信我也会救你吗？你怎么能这样问？"她低头盯着自己的膝盖，而不看你，然后捂住了脸。她再次抬头看你时，脸上没有表情，也看不出来表情。但那是一种你能肯定代表着什么的样子。

你什么也没说。

她面对你无声的指责，答道："尽管如此，我想试着帮你，我们回去吧，让我试试。"

"别逼我回去。"你还是想守在棕色小房子的承诺和谎言里。

"我不想看着你死去。"

"别逼我回去。"你现在说这话是代表自己了。你并不介意是否准确代表了那时的你。

安妮咒骂着，双手握拳锤在餐桌上。她闭上眼睛，然后慢慢将手从餐桌上伸过来，拉住了你的右手。她的皮肤很冷。"如果这不……如果你没有好转——我能把你带回来吗？"

"你什么意思？"

"我知道这很难，这可太糟糕了，这是个禁忌的问题。不过，那是在你……之后！"

"在我死后？"

"是的，那之后。只要你现在说是，我就能去综合大楼里——我们还有数百个能发育的胚胎，而且——你知道我能做到。我可以将你带回来。"

"发生了这一切，你竟然还能问出这个？"

"是。我——我不想失去你。拜托。"

"我要你说出来。"

"拜托。"

"你必须说出来。"

"让我带你回来。我不想孤身一人。我——"

"你必须把那个词说出来,安妮。"

"让我克隆你。拜托,让我做吧。我希望你同意让我带你回来。"

你在哭。你对面坐着的安妮模糊不清,跟你记忆里更年轻的安妮开始重合。"我不想回来。你带回来的那个不再是我。"

"但是,听着,想一想所有那些——"

"安妮——"

"我们在增强患者的细胞记忆、直接上传信息和图像,以及锻炼和治疗方面取得了惊人的成功——"

"安妮!那不再是我了。"你看着自己的双手,想知道那是谁的手。

"我会把他们变成你。他们就是你。"

你重复着:"那不再是我。"你本来还想再说下去,但是最后的关头,你无法鼓起勇气说出口的是:永远不是我。

"如果你说不,我就不会克隆你。我答应你。我知道这很疯狂,太可怕和疯狂了,但我要问问你。拜托。你能允许我这么做吗?"

"不。我很抱歉，安妮。不。你不能。那不会是我。"

安妮擦了擦眼睛，叹了口气，向着厨房的地板弯下腰，捡起了笔记本。她愤怒地草草记录了些什么，然后将笔丢在桌上。

她说："谢谢。"但语气敷衍，她没有看你，她说话的声音是从牙缝里挤出来的。

你问："我们有多少人？"你断断续续喘息着，声音有点像是刮擦音。

"太多了。"

"我们帮忙建起了我们的房子。"你绝望地感觉到了与其余自己的亲缘关系，那个跟安妮共度了那么多年的自己。你绝望地感觉到了一些属于自己的东西，一些空虚之外的东西。

"是你们做的。"

"我们都有过这场对话。"

"对。"

"我们有几个人说了同意？"

"一个都没有。该死的！连一个都没有。"

安妮猛地从椅子上站起身，大步走向厨房，带着相当明显的沮丧情绪大声咕哝着。她停止来回踱步，然后迅速更换了你的液体，尽管之前的那个还有四分之一。这次你的手和手臂都暖和起来。

她闭上眼睛叹了口气。她说："剩余能说同意的你已经不多了。"

她揉了揉你的脑袋。你眼皮沉重,你想说话,但没有力气。你感觉自己正在融化,你的意识向着一个奇点退去。

安妮低声道:"我没对你撒过谎。"

1

你的房间很暗,什么也看不见。你躺在床上,身上盖着薄床单。你动了动手指和脚趾,皮肤摩擦床单发出的巨大声响令人吃惊。轻微的动作就会生痛,你的肌肉和关节随着动作发出痛苦的低吟。

你半睡半醒好几天了,也许是好几周,或者更久。你不知道自己那时,或者更早的时候在哪里。你现在在这里,已经过了很长时间了。你思考了一下半睡半醒是从什么时候开始的,得出的结论是,目前还不可知。

保罗·崔布雷(Paul Tremblay),美国作家、编辑,擅长科幻及恐怖题材,其小说曾获轨迹奖和英国奇幻奖,并多次获得布莱姆·斯托克奖(Bram Stoker Award);创作成果颇丰,著有七部长篇及多部短篇。

方　舟

［美］维罗尼卡·罗斯／著

还剩两个月

　　萨曼莎双手冻出来的红痕犹在，指关节处的皮肤干皱紧绷。那天早上，她是去给"娜奥米"号送补给的——她用自己最后一笔钱（之后钱就不再有用了）买的小渔船，就停靠在海岸线那边。

　　在买船好几个月之前，她就学会了停泊时系住船只的绳结打法——布林结[①]：先用绳子套一个圈，再用另一头在圈上缠绕几遍。照网上的说法，这是全世界最有用的绳结了。过了没几周，互联网也没了，然后就是疏散。

　　在圣经故事中，诺亚建起了方舟，在大洪水中能保住幸存

---

　　① 布林结，又称单套结，可作为高空作业的临时安全带；绳与绳、绳与环临时连接即可作为临时琵琶头来系套物体。常用于船舶、户外安营、户外运动等。

者的性命。而"娜奥米"号不同，它不是为了救谁，她也没有这样的打算。

萨曼莎在自己的实验台前坐下，让指节在暖风中缓缓劲儿。

"我啊，"丹坐回电脑屏幕前开口，"真想抽根烟。"

萨曼莎正面对着一团组织样本。她盯着放大镜下那团似乎是泥煤苔叶片的东西看了半天，想把它与面前屏幕上的图像逐个匹配。不是珠炭藓科，就是泥炭藓科，两个类属都有可能。按屏幕上的图片，泥炭藓科植物的叶片会有大量死细胞与活细胞杂糅在一起的特征。她需要取样用显微镜观察。

"你不抽烟。"她说着，起身去拿了张幻灯片来。

"我20岁的时候就戒了。"丹说。

萨曼莎又坐了回去，她一边清理着手里的幻灯片，一边伸手去拿碘酒。"现在你跟人共事，还处在密闭空间里，却突然想再来一根？"

"好吧，仔细想想，"丹说，"在方舟上抽烟，不但违反规定，也不具备条件——没有烟草。反正至少没新鲜货。所以，我们不是有义务再尽可能多体验一下所有地球上的植物吗？"

她用手术刀在其中一片袖珍叶子上刮了刮，取了样本。不得已做着这样精细的工作时，她的双手微微颤抖，不过现在她已经习惯了——无休无止供过来的植物，全都要取样，取样次数难以估量。她将取下的样本放在碘酒中，反复轻轻按压几次让叶片组织变得松散，再覆以另一枚玻片。以碘酒着色过的样本在玻片下伸展着。

她将载玻片放在显微镜的载物台上，以夹子固定住。然后手自然而然就落在了粗准焦螺旋上，将载物台调得离镜头近了些。在将一只眼睛靠近目镜时，她意识到丹还在等她答话。

"我从不抽烟。"她说。

"那么，"他说，"再也找不到比现在更好的尝试机会了。"

丹今早刮过胡子，他脖子上还粘着一小片血迹斑斑的卫生纸，是剃须刀留下的伤痕。他肩宽体圆，脸颊总是红扑扑的。自从大部分居民撤离地球后，他就总在不停地吃东西。在向地球二号疾驰的路上，他有很多时间恢复身材，用他偏好的说法就是粗茶淡饭度日。

"当然，为什么不呢？"

七岁那年，一场暴风扫落了后院的所有枫叶。醒来时，她只看到光秃秃的枝丫，还有被橙色、黄色和红色覆着的草坪。那个周六，父亲花了一整天时间，将这些残叶耙到院角，码成好大一堆。之后，太阳落山时，他将叶垛付之一炬。

一整天，她一直躲着父亲——在他忙家务的时候，实际上是忙任何事情的时候，去打扰都很不明智。傍晚，等她看到他时，他就站在叶垛旁。她穿了件他的旧衣服去帮忙。她的手指笼在过长的衣袖里，十分温暖，衣服垂下来的褶边拂着她的膝盖。

"别靠太近。"看到她的时候，他说。

她挽起袖口露出双手，用掌心感受着火焰带来的热度。房子后面的那一小片树林，大多也没了叶子，除了针叶茂密的松树。父亲告诉她，她经历的这些冬日，将会是地球上最后的冬日了——那还是在前年的时候。过了一小会儿，他就睡着了，膝上还摆着一杯苏格兰威士忌。

她抬起头，仰望着色彩鲜明的天空，树枝在其上勾勒出自己的轮廓。风转向了，片片余烬吹向她的脸庞，刺痛她的眼睛。有一片落在她的唇上，她伸出舌头尝了尝。味道就像火焰中那些从边角渐渐向内蜷曲的叶子，就像发霉的旧外套，就像嘴边吐出的热气。

那味道——萨曼莎穿得暖暖的，跟丹一起站在后门边上，心想着——就跟香烟的味道一样。

她用眼窝对着目镜，目镜很冰，斯瓦尔巴群岛的一切都很冰。这是北极圈以北的一个群岛。在最后那几年里，由于地球居民筹备大撤离的事情，全世界的科学家都拥入了斯瓦尔巴群岛。斯瓦尔巴群岛有着来自全球的种子库，多亏了其中保存的遗传样本，在大灾变的消息传来时，这里已经保存了超过100

万个样本。

20 年前，发现小行星菲尼斯的消息传来后，国界就不再重要了。

现在，每个人都只是地球人。

就在发现菲尼斯之后，全球的科学界立即启动工作：在灾难性的碰撞发生前，尽可能地多保存地球上的遗传样本。他们派出了研究人员，前往世界各地，以新技术来保存活的植物和动物，并搜罗了全世界数十万的样本。与此同时，他们还建起了两艘巨大的仓储飞船，是分别位于大洋洲的弗洛拉号和位于斯瓦尔巴的福纳号 ①，并开始针对已经收到的数据——在最后的时刻来临前还会继续不断地接收——进行分门别类的统计。最开始有过争议，他们本想将所有样本都搬上船，稍后再行分析。但船上地方有限，重复的样本太多了。根据方舟计划负责人的说法，100 个独一无二的样本，比 300 个重复的样本好得多。

"弗洛拉"号方舟和"福纳"号方舟会在两个月内启航，趁着小行星撞击前所剩无几的时机而逃离。它们将会跟其他地球逃难者一同，踏上去往地球二号——也就是官方命名为特拉星的旅程。飞船上的乘客，没人有机会活着见到新行星，不过他们的孩子会接替他们的使命。

---

① 原文 Flora：植物群；Fauna：动物群。

　　萨曼莎一开始——实际上直到项目中期都没加入方舟计划。她是在末日人才召集令发出后才加入的。召集令的准入门槛很高，需要在相关领域有硕士学位、无犯罪记录、无精神疾病历史、无在世的家人才能加入。这样，如果菲尼斯提早撞击，或者飞船没能启动，也不会有人担心失去家人了。

　　"孤儿们，都过来！"每天上午 11 点 45 分，实验室门口都会准时传来这样的喊声。那是艾芙瑞尔，是个身材娇小，却有着丰满臀部和圆润大腿的年轻姑娘。她少女时代就学会了用胸腔共鸣发音的方式说话，这样她的两个兄弟就能听到她的呼唤了。而这个习惯延续了下来。

　　她的兄弟们，还有她的父母，在她 18 岁的时候全都死在一场车祸中。这里的每个人都熟知彼此曾经的悲剧。这就像讨论天气一样，属于司空见惯的事。

　　艾芙瑞尔面前是辆餐车，上面摆着两排打包好的午餐盒，那是让更高级别的科学家们带回个人实验室里享用的。他们在那里做的工作，要比根据屏幕上的图片辨识植物样本更复杂些：通过监控和维护存储设备的环境，最大限度地延长物种的存活时间。

　　"到了大家最喜欢的时间，"艾芙瑞尔笑着说，"送餐时间。今天的参赛者有布兰登、爱丽丝和萨莫[1]。"

---

　　① 萨莫是萨曼莎的昵称。

萨曼莎推开目镜，穿过房间走向餐车。英俊强壮的布兰登，还有将乌亮黑发别在耳后的爱丽丝已经站在那里了。艾芙瑞尔伸出拳头，握着三根吸管。布兰登先选，然后是爱丽丝，最后是萨曼莎。

萨曼莎的吸管是最短的。她叹了口气。所有高层几乎都在同一栋楼里，他们的办公室排成一长排。只有一间非常远——需要穿戴北极圈专属的全副武装，长途跋涉去尼尔斯·哈根博士的温室。尼尔斯本人倒没什么不好，但要花一个小时艰难步行过去，道阻且长。

艾芙瑞尔将唯一的隔热袋——上面用黑体字写着"哈根"的袋子递给了她，她举起袋子向即将去往实验室的雇员们敬了一下，他们呼喊着回应。然后她出发去找自己的外套。

风刚一吹上来，她所有没被遮蔽的地方就都感觉到了——护目镜下方有条细缝，还有兜帽一侧拉得略有点松，也有条细缝，都在往里灌风。她拽了拽外套衣袖，想盖住手腕上那块没被手套遮住的皮肤，然后开始跋涉。

哈根每天早上都在温室里，跟他的兰花在一起。从雇员到整个方舟计划的负责人，每个人都尝试过说服哈根，想让他搬回来，跟其他科学家待在一起，但都被拒绝了。由于符合这个职位需求的科学家本就很少——现在也都离开了，除了他们之外，所有人都已经撤离地球——所以必须满足哈根的要求。无论如何，他的工作都做完了，所以除了这点不便以外，也没什么好抱怨的。

她的四周白茫茫一片。就连远处棱角分明的山丘，在冰雪的覆盖下也只残留些许褐色。萨曼莎一开始是搭乘直升机在傍晚时分抵达斯瓦尔巴群岛的，因此在她眼里，聚居地就是一根根由光构成的线条，那是阡陌交通的道路，连接着各个低矮的建筑。土地发出蓝色的微光，就像马克·罗斯科的绘画[1]那样美丽，它空旷到足以让人变小，再将他们吞入腹中。

目光所及之处，空无一物。在斯瓦尔巴群岛，你很容易就会相信世界即将灭亡。

她终于抵达温室，玻璃反射着白光，看起来既耀眼又难以看清。哈根的小屋就在温室旁边，就好像一块棕色的斑驳痕迹，离紧挨着他们这个小型聚居地的山丘不远。她吱呀一声拉开前门，在闷热的温室里找寻哈根的踪迹。大部分时候，他会出来取午餐，所以她甚至不必取下护目镜。她都怀疑哈根能否认得出她的脸，虽然过去几个月里，她每隔一周都要来一次。不过

---

[1] 马克·罗斯科（1903-1970），是美国战后重要的艺术家之一。他在抽象表现主义的特殊变体，即所谓的"色块绘画"中扮演了重要角色，这种单一色彩及单一形式的组合，形成了极具独特风格、完全抽象的色域绘画形式。

今天，完全看不到他的踪迹。

萨曼莎摘下手套和护目镜，脱下兜帽。她拽下围巾，再拉开外套的拉链，感觉嘴里都是湿羊毛的味道。她将所有东西都放在门口的地面上，然后打开了温室的门。

湿气附在她的脸颊和睫毛上。里面有三排植物，以两条过道间隔开。她放眼望去，到处都是叶片和茎秆，还有几乎什么颜色都有的花朵。其中一个矮架上是一盆足有六朵花的大花蕙兰，花朵是猩红色的，不过下面的萼片夹着的唇瓣有着点点白斑。这棵植物的旁边，是某种粉色的文心兰，玲珑纤细的枝丫尽头，顶着不足指甲大小的花朵。这两株兰花的上方是各种各样的兰花，样子越来越奇特，颜色越来越鲜艳，几乎称得上是怪诞了。这些植物的唇瓣隆起，其花瓣窄如细针。

"它们长出了各种颜色，只缺蓝色和黑色的了。"在叶片与花朵之间，她瞄到了一抹斜肩，那是尼尔斯·哈根，他正用苍白的手掌捧着身边的一朵花。

"但是……"萨曼莎走进温室，她忘记了手里的食物，指着离得最近的一朵花说。那也是棵大花蕙兰，中间有根紫红色的中央柱。对她来说，这花看起来似乎是黑色的。

"只是一种非常深的紫红色。"哈根摇着头说。他将其中一朵朝着光倾过去，然后她看到了，那是一种很深的酒红色，正如巴罗洛葡萄酒的色泽。"跟所谓的黑兜兰一样。"

"还有闪闪发光的太阳兰。"就在哈根看起来吓了一跳的时候，萨曼莎带着一抹胜利的微笑补充道，"我妈妈喜欢这种花，总是在屋里养着。我猜，她打算引导我学习园艺。"

"那你妈现在……"

"去世了，"萨曼莎补完了他的话，"这里的人，家人都去世了，你知道的。"

"是啊。"哈根皱起眉头，"我总是忘记这个。"

萨曼莎举起装着哈根午餐的袋子："你的金枪鱼三明治。"

"我猜，你没法帮我先做些别的。"哈根打量了她一下，她也打量回去。他年纪不小，但也称不上高龄，他的头发出现了银丝，脸上有很深的皱纹。他身材高大、肩膀宽阔，虽然皮带下束着圆滚滚的肚子，但整体还是瘦削的。"你看起来挺结实的，适合这项工作。一个人搞不定这个。"

"当然。"萨曼莎说，"我整个下午都只用点击屏幕上的图片。"

"哈，所以你从事物种鉴定工作。"哈根说，"那么你的色彩视觉肯定很好，否则他们会把你派到'弗洛拉'号的存储区，将所有鉴定过的样本叠成相当复杂的俄罗斯方块。"

萨曼莎笑了："没有区别。我从来就不擅长拼图。不过总的来说，我很擅长处理细节。本人单调乏味，因此对单调乏味忍耐度极高。"

"对科学家来说，是个好兆头。"

"我不是科学家,"她说,"我是园艺师。"

"你有科学硕士学位,跟现在还留在地球上的其他人一样。"哈根说。"而且你正致力于这颗行星上曾出现过的最后一项科学研究事业。你确实是一名科学家。现在,过来帮我拿一下这个架子。"

温室后方,立着一个老式木桌,正靠着墙壁。上面有两个架子,一个装满了书本,另一个是空的,有一侧的支架断了。很明显,桌上放着的那几个小花盆,之前是放在架子上的,现在却堆在了笔记本、论文和书本的上面。一只画着葡萄酒的马克杯就在这些东西的右侧,紧贴着墙。这个显然是手工制作的杯子半歪着,表面还有烤制时留下的手指凹痕。

"现在,如果你能把木架子抬起来——这是实心纯木的,比看着要重一些,"哈根开口,"我就能安一个新支架了。我不想把架子整个拆下来,因为想恢复原样还挺难的。"

他说话的时候略带一点口音,但语速比较慢,就像萨曼莎常见的那些英语非母语的人一样,会在句中停顿。

她倾身靠向桌子,将身体的重心压在架子上,并将它推向墙壁方向,同时再从下方用力,将它往上推。哈根用螺丝刀卸下架子上的螺丝,刚拆下来,她就发觉架子确实比她想象得要重。她惊讶地咕哝了一声,又加了把劲,她的胳膊都在发抖了。

"你知道的,"她的声音因为用力而干涩,"去修一个你在两个月内就会扔掉的架子，也许不太值得。"

哈根笑得温和了一些："我不会丢弃它的。"

据说，等其他人都离开后，哈根还打算留在地球上，但亲耳听到他的确认，还是不太一样的。他说这话的语气，完全不带一丝哀伤，听起来他几乎是跃跃欲试的，就好像他喜欢那只自己饲喂的老流浪猫一样。

她想起了"娜奥米"号，被她的绳结牢牢系在岸边，随着风浪上下起伏。"那么，"她说，"我猜，我们修好它就很值得。"

根据初期的估算，这颗小行星的直径至少有 8 千米，撞击时会造成相当于美国领土大小的面积被夷为平地。因此而产生的碎片和烟尘会逸到大气中，遮挡住太阳，从而导致地球上的所有生物灭绝。因此，根据萨曼莎的估算，在附近区域并未受到小行星撞击的情况下，一名人类在拥有食物库存的前提下，还是能够生存一段时日的。

他将新支架放到合适的位置，就开始拧螺丝。支架有了着力点后，她就能少费点劲，待完全上好，她就能松手，朝上面摆放花盆了。

"如果我问原因，你会介意吗？"她说。

"你不是第一个这样问的。"哈根说着，掸掉手上的尘土。他摘下眼镜，放在书桌上。她留意到，他的眼角有鱼尾纹，就好像他一直在微笑似的，即使事实并非如此。

"我不介意随大流。"她回道。

这个答案似乎让他很着迷，他轻笑一声。

"有很多原因，"他说，"但真正的原因也只有一个，那就是我舍不得离开家。"

萨曼莎点点头。她拿起写有哈根名字的隔热袋，放在他的桌子上，就搁在那个手工马克杯的旁边。

"午餐愉快。"她说。

"如果你想多了解一些兰花，下次你过来的时候，可以考虑把自己的午餐也带上。"他歪着头说，"我是说，如果你跟你母亲一样喜欢它们的话。"

她挥了挥手，走到门口重新戴上手套。

"兰花医院"——按萨曼莎母亲的叫法——就在她卧室里，紧挨着后窗。枯萎的花朵落下后，母亲会把那棵植物挪到窗台上，接受间接光照，直到花朵再次开放。她每隔一周会给花盆里放些冰块，这样水就会融化到土壤中。

她曾问过母亲，既然一切都会被菲尼斯摧毁，为什么还要费心保住它们的生命？

母亲耸耸肩。为什么你马上要弄脏自己了，还要去淋浴？为什么吃完还会饿，你还要吃饭？每朵花最终都会谢的，萨莫。但还没谢。

小时候，萨曼莎每天都去兰花医院，她站在浴室门口看母亲化妆，不过没等吹风机的轰鸣声让她心跳加速就会离开。运气好的时候，娜奥米会用腮红刷涂抹萨曼莎的两颊，或是等她涂完睫毛膏后让萨曼莎用一用睫毛刷。有一次，她甚至将一条紫罗兰色丝巾像发带一样围在萨曼莎的头顶上。

长大一些后——能够涂芭比粉唇彩和闪粉眼影之后，她不再每天早上准时出席母亲的"化妆仪式"了，但还是会去卧室里摸兰花的土壤确认湿润度，会打开抽屉，嗅母亲香水的味道，试穿她的鞋子，直到她的脚越长越大，一厘米又一厘米，慢慢长到足以填满鞋子的大小。后来，她从大学返家，用双手抚摸着氧气瓶，试戴她身体崩溃时所佩戴的氧气面罩。

她第一次跳舞是在八年级，那时她年方13，母亲带她去买裙子。她已经意识到，未戴胸罩的胸部凹凸有致，会导致走光，所以她们直接没看吊带挂脖裙，而是奔向了有厚重束带的那些。一条裙摆遮到小腿长短的黑色直筒连衣裙看起来最是合适的，不过虽然她一开始试穿的时候，用双手紧紧按住了胸部，只换来母亲一巴掌拍开她的手，让她别傻——拥有女孩的身体不是罪过。站在更衣室里，看着镜中的自己，她觉得自己的身体，就像沙漠中的丘陵一样起伏，高耸处如丘陵，低洼处如山谷，吹过的风让沙圆润了曲线和峰缘。

但是，比那件裙子更棒的是那对耳环。母亲说，这对耳环曾属于她外祖母，在母亲20岁的时候，那位老人便因突发心疾早早过世了。那对耳环的样式，是躺在袖珍金属叶片上的珍珠模样，在跟卡拉的母亲一起送她们去校健身房前，母亲告诫她要仔细这对耳环。

她对舞池的恐惧足有一个小时才消退，但即便如此，她的动作还是很小，轻扭臀部、缓移脚步。她和其他女孩子大多时候只是站在人群中间，哼着熟悉的歌词，跟着歌曲摇头晃脑。她们别在发上的小水晶掉在健身房的某个角落里，找不见了。她跟合唱班的达武德·沙哈跳了支慢舞，他身上汗味很重，但微笑腼腆，歌声清脆悦耳。

等她晚些时候回家时，裙子刮擦着她的双肩，她感觉耳环从耳垂上脱落了，右耳环不见了。

她沿着之前走过的路寻找着，楼上的走廊、楼梯、厨房里面，再顺着走到通往前门的大厅那里，但她知道，耳环很大可能是丢在健身房的地板上了。她噙着泪水跑向母亲，手里捏着仅剩的那只耳环，痛陈悔恨。

母亲沉默了几秒钟，从女儿手里取过那只耳环，最后她露出一个微笑，摸着萨曼莎的头，告诉她别担心。

那天晚上，萨曼莎起床喝水时，看到母亲穿着白色浴袍，以手和膝着地，跪在走廊里摸索着寻找女儿丢失的东西。

在返回斯瓦尔巴群岛的研究中心重返工作前，萨曼莎在路上看到了一束如今已经很罕见的阳光。光线打过去，照得雪地闪闪发光，就像掉落的水晶发卡、闪粉眼影和金属叶片上的珍珠一样。

还剩两周

那朵花出现在实验室里时，所有人都围了过来。

这个样本是偶然出现在萨曼莎的实验台上的。这是一棵完整的植物：花朵、茎秆、叶片和根系都在，悬浮在保存植物的透明溶液中。这些样本在抵达斯瓦尔巴群岛前，在很多年前采集时就已经被当地科学家做好了标记。但有些时候标记会遗失，或者高层认为标记有误。在他们下面的地下室里，仍有成千上万的样本，很快，等到他们被抛入太空后，这些一排又一排的植物都会被遗忘。但萨曼莎和她的同事正竭尽全力，努力再多做些日志。

这朵花是黄色的，以中央为圆心，有数十片重瓣聚在一起。茎干上布有绒毛，呈浅绿色。下面的叶片光滑，呈椭圆形。萨曼莎将搜索到的初始参数打在屏幕上时，有一阵子没人说话：黄色，高 28.2 厘米，五片叶，原产于英国。

"看起来好像蒲公英。"萨曼莎将身体贴近屏幕，观察数据库展示出来的图像时，丹开口了。

"所以呢？"艾芙瑞尔说，"就算是蒲公英也要记录。"

"听我说，我们在升空前没法过完所有的样本，"丹说，"就个人看法而言，我宁愿保留的遗传物质来自一株罕见的非洲堇，而不是一棵蒲公英。"

"你没法挑三拣四，"艾芙瑞尔抗议，"这个人的蒲公英，是另一个人的非洲堇。"

"我不接受这样的观点，美丽或者价值自有其客观标准。"

"这不是蒲公英，"萨曼莎指着植物下方的叶片说，"蒲公英的叶片有……突起。这棵植物的叶片很光滑。瞧见了吗？"

"这是园艺学的官方用语？"乔希从她右肩上方眺望着，"突起？"

"别说话，"她说，"我觉得我找到了匹配项。"

她查看着相关联的术语清单，搜寻着她认为自己已经识别出来的物种。威尔士，确认。茎秆毛糙，确认。绕茎轮生叶，确认。她看到最后一项时，笑了。

"这是斯诺登水兰，"她说，"归类为稀有。"

"噢，我知道。"爱丽丝的声音从后方传过来，她的爱尔兰口音很重。"由于过度放牧而几近灭绝，之后口蹄疫让一群绵羊和工羊①挂掉，这种花才缓过劲来。"

"瞧见了吗？"艾芙瑞尔听起来得意扬扬，"这可更类似非洲

---

① 爱尔兰口音导致她把公羊（原文ram）念成了工羊（原文wham）。

董，而不是蒲公英。我说了的。"

"你可不是这么说的。"丹反驳。

萨曼莎将样本放在手推车上等待存放，玻璃上留下了她的指纹印记。

萨曼莎用她最喜爱的颜色来标记自己的童年。五岁时是紫色，七岁时是绿色，十岁时，她喜欢深蓝色。那是刚日落后夜空的颜色，她对母亲说过。她们一起重新粉刷了萨曼莎的卧室。母亲查了星座图资料，按照正确的位置，在墙上排出夜空中闪亮的星星，用双面胶固定。

七月的一个晚上，父亲带她去沃伦菲尔德时，她便一直穿着件深蓝色的衬衫。沃伦菲尔德在保护区的中间，所以他们在停车场的一侧停了车，沿着蜿蜒的小径步行过去，一路拍着蚊子。出发前，父亲让她闭上眼睛、屏住呼吸，在她身上喷了驱虫药水，那芬芳甜蜜的药水气息仍记忆犹新。

他们没有说话。父亲也没告诉她为什么要晚上来保护区，在没有月亮的时候来看星星。从小她就知道，跟父亲说得越多，他越可能夺走她的东西。有时候是甜点，或者运气不好的话，会失掉他答应过的特别旅行——去冰激凌店、动物园、祖父的屋子。但沉默总能带来回报。

他们到那里的时候，她的皮肤出汗发黏，父亲踩过草地上长得很高的野草，到了中间，他们两边都只能看到一丛树林了。然后他开始架设望远镜——用手将部件拼接起来，再将镜头盖塞到裤子后口袋里。他取出手机来定位正确的坐标时，手机的蓝光泛在他脸上，她看到他正对着屏幕皱眉，还有他前额上深深的皱纹，跟藏在胡须中的几根银丝。

"我想让你透过目镜向那边看，集中精神，因为这东西只会一闪而过。"他说，"我会告诉你具体时间。"

她倾身靠向目镜开始等待，注意不倾斜过头将望远镜撞偏，也不能靠得太远而错过那个时刻。到父亲念出"五、四、三、二、一——就现在"的时候，她已经后背僵硬、双腿酸疼了。

她看到了一道光，群星之间的一道白光。

"看到了吗？"他说。

"看到了。那是什么？"

"菲尼斯，那是总有一天会与地球相撞的小行星。小行星总要在自己的轨道上盘旋几圈，就好像犯罪分子在下手偷盗珠宝前，会在珠宝店外踩点一样。我觉得你该看看它，因为很可能下次它再靠那么近的时候，你已经生活在别的地方了。"

萨曼莎因为这个念头，胸口感到了一丝暖意。这样稀有的东西，菲尼斯路过地球，他把这个时刻给了她，而不是自己独享。

他在她身边蹲下。太黑了，她看不清他的脸，但可以辨认出他隆起的颧骨和下面的凹陷。

"很抱歉。"他对她说。

他低头望向她的鞋子。她有一根鞋带开了，所以他开始系那根鞋带，他粗笨的指头在沾满泥巴的短鞋带上摸索着。

"没关系。"她说。尽管她也不确定他在抱歉什么。她唯一知道的就是对菲尼斯的恐惧，这是晚间新闻的头条，放在每个新闻网站上最醒目的分类里，也是每个喜剧演员信手拈来的桥段。

现在她长大了些，知道在菲尼斯撞击前，还有其他可能的生活形态：没有贴在冰箱上的疏散计划，没有放在大厅壁橱里的应急行李箱；满是关于大学和房子、孩子和黄金猎犬、退休和临终祷告这些计划的生活；那些没有菲尼斯阴影笼罩的生活。他知道的，当他们孕育她之前，就知道这些生活对她来说是不可能的了。

所以，也许他最初是在为给予她这样的生活而道歉。他知道这样的生活会充满恐惧。

她希望她能告诉他，生活本身已经充满了恐惧，无论你是谁。没有什么是有一天你不能失去的。秋季总会给冬季腾出位置，但它还是一年中她最喜欢的时间。在树枝光裸前，还有那些稍纵即逝的美景。

实验室里，她又被喊去抽吸管，这次她把自己的长吸管跟乔希的短吸管换了，这是她这个月第四次去看哈根的兰花了。

"你最喜欢哪一株？"

哈根茫然地看着她。

他们正在将他之前从实验室带过来的一些组织样本打包，这些是被方舟遴选出的非必要样本。萨曼莎在盆底均匀铺撒碎石，让植物在被过度浇水时不会烂根。刚刚完工，她就意识到了这也许没什么必要。离方舟发射还有四周时间，离小行星撞击地球的时间也所剩无几。那么，如果哈根能有办法活过撞击，剩余的食物也不够撑多久的。植物会在烂根前因为缺乏日照而死亡。

她对着花盆皱起眉头。

"我没有最喜欢的。"哈根说。

"你知道的，"她一副要搞阴谋的样子靠近哈根，"它们听不见你说话。"

哈根笑了："我很严肃！我能看到它们每株身上的价值，因此我很公正。"

萨曼莎翻了个白眼。

哈根又笑起来，他眼角的皱纹很明显。萨曼莎心想，他的眼睛很明亮。如果他不常微笑的话，它们就会像冬日苍白的早晨一样，冷冰冰的。

"你觉得我满肚子胡话。"他说。

"不，不是那样的。"她从他俩中间的托盘里拿起一棵小植物，握住茎秆最坚固的部分，并用土将它固定在盆中间。"好吧，是的，有一点。"她咧嘴一笑，"但是，我只是觉得公正并不多么伟大——仅此而已。"

哈根转头看自己的植物："不是吗？"

"嗯，你不能将爱平等地分给所有东西。"她说，"只是不能这样做而已——如果你这么做了，那么就跟什么都不爱一样了。所以，你必须只珍惜几样东西，因为那就是爱的定义——特有、特殊，"她顿了下，在大声说出自己的想法前，嗫嚅了一下，"就像你爱你妻子那样。"

谈及这个问题很危险。他们提过他的妻子一次还是两次，就在上次她过来的时候。她死于跟萨曼莎母亲一样的疾病——胰腺癌。哈根的书桌上还有张她的照片。照片里，她将头转向一侧，正在为别人讲的笑话发笑，参差不齐的牙齿露了出来。她打扮朴素，但脸很吸引人——鼻梁高挺，下唇上有难以抹去的折痕，前额上有深深的皱纹，脸颊上布满星星点点的雀斑。

"啊。"哈根笑容温和——很好，她没有越界。"是的，我想我明白你的意思了。"

她将土壤填入这棵小植物的周围后，轻轻按压根部四周，这样它就能在新家中好好立住了。茎秆靠下的位置，厚重的绿色叶片搭在陶盆边缘上，看起来僵硬却又有弹性。她在茎部支了根棍子，让它能立起来。上面还没有能开花的花苞，也许这棵植物死前能有花苞，也许来不及。

"我最喜欢的，"哈根说，"就是她最喜欢的，我猜。角蜂眉兰，又称镜蜂兰。你想看一看吗？"

他带着她去看第二排的花，在靠墙摆放的一个齐腰高的桌子上，摆着那棵植物。他们谈到的那株植物正在开花。这种花的外表几乎完全不像是兰花。唇瓣呈三瓣状，非常平滑。周围一圈红色的绒毛。中间的那片唇瓣看起来几乎是蓝色了。

"它很狡猾，"哈根用一根手指轻抚着唇瓣中央开口道，"为了引诱一种特殊的授粉者，一种当地的土蜂科黄蜂，迪西科里亚蜂，它进化成了这副模样。雄蜂被诱来交配，却蹭上了满身花粉。花朵散发的气味，跟雌性黄蜂的信息素相似。"他幸灾乐祸地笑了，"艾丽西亚喜欢这一点，物种之间有这样特定又完美的合作，这种化不可能为可能的概率。在进化中，她看到了神灵的运作痕迹。她的信仰与她的科学思维很少有不一致的地方——当然，我俩在这一点上存在分歧，我一直是无神论者。"

他轻抚着这棵花，继续微笑着。

"兰花不能自给自足，"他说，"它的种子里不携带胚乳，所以需要与真菌建立共生关系才能生存。但它到处都找得到这样的关系——在几乎每块大陆、每种气候条件下；在树上、石头上、甚至地底下。这是一种喜怒无常的植物，但不知何故却又具备另一种截然相反的特性——韧性。"他耸耸肩，"我想，当我说自己不偏不倚时，实际上我是有偏倚的——但是这种偏倚是针对所有兰花的。当然了，它们在基因库的优先列表中级别不高。毕竟它们不能当食物，因此在首次发射中被评为非必要级。我想，这很公平。但还是……"

他看着萨曼莎。

"什么是必要的？"他说，"我不再确定了。我想，对我来说，她就是必要的。"

"那么，你感觉这段时间你也一直在慢慢死去，"萨曼莎说，"只是你的身体尚在人世。"

"确实如此。"他用奇怪的眼神看了她一眼。

萨曼莎靠在镜蜂兰旁，看着勾勒唇瓣的绒毛线条。她心想，它看起来更像是一只甲虫，或者一只蟑螂，而不太像一朵花。要不是中央的那块蓝色，它可能比颜料的反射能力更强。

"我不会跟方舟一起离开。"她没看他，开口道。这段时间里，她一直保守着"娜奥米"的秘密，没告诉丹和艾芙瑞尔，也没告诉其他的"实验室孤儿"和方舟计划的负责人——从萨曼莎一开始申请到这份工作之后，她时不时就会来查看萨曼莎在方舟弗洛拉号发射后所需求的药物和女性用品，每次她们都能碰到面。尽管在申请时，萨曼莎就已经明了了自己的选择。也许，从她那次站在父亲身旁，两人身上都沾满驱虫剂的味道，她第一次站在野地里透过望远镜看到菲尼斯时，就已经知道了自己的选择。

"我要驾驶一艘小船。我知道怎么驾驶。我从孩提时代就会了。我会沿着平静的水域前行，尽可能多见识些半岛。然后放下锚，等待着世界末日的降临。"

哈根的脸色看不出喜怒。

"我抽空准备好了船只，我想，我的船足以应付这趟旅程。我管她叫'娜奥米'号——用了我母亲的名字。"

她控制着自己停了下来。如果她继续说下去，会发现自己开始讨论起从未有过自杀的念头，从未，甚至在悲痛的旋涡中时也不曾想过。她这辈子一直都生活在对失去的预感中，无论是父亲的死，还是母亲去世，都未让她有丝毫惊讶。反而更像是某种诺言的兑现。

哈根犹如清晨般灰白的眼睛，一直盯着她的双眼。一缕银灰色的头发垂在他的前额上，打了个很特别的卷。

"你确定吗？"他说。

她点点头。

"你还年轻，你还可以拥有家庭，拥有完整的人生。"他皱起眉。

她想要告诉他，她不想再顺着那条路走下去了，不想再看到一丝一毫。她无法想象自己就像哈根爱艾丽西亚那样深切地爱上什么人，也无法想象自己抚摸着肚子，期待着胎儿的轻踢，甚至也无法想象银发斑驳的自己在某个遥远的温室里，对着兰花的叶子喷水保湿。

"在飞船上度过一生，"她最后说，"对我而言，听起来就像是灰暗版本的人生。"

哈根用一只手抓了抓后颈说："这就是原因吗？你不想住在飞船上？"

她摇了摇头，走向另一朵花，那是一株常见的白色蝴蝶兰，她在杂货店里买过。它的唇瓣顶部有斑驳的粉色。

"小行星撞击时，会撕裂地球大气层。菲尼斯体积太大了，大气层挡不住它。唯一能让它减速的，只有地壳。菲尼斯可能会撞到水域上，不过我们没办法确定这一点。从目前的路径来看，无论如何它不会落在斯瓦尔巴群岛这边，而是会在南半球的某个地方着陆。所以，就算往远处看，也看不到撞击区域。但它会将可怕的尘埃云送入空气中，遮蔽太阳。可能会有火雨，让一切都燃烧起来，枯萎、黯淡、分崩离析。这会是这颗行星的逆行故事，我们诞生于物质凝聚、诞生于混沌，诞生在这里，于所有熔岩、地震和雷声中。"她微微一笑。"就好像……目睹世界的诞生。你能想象到比这更美丽、更值得见证的东西吗？"

哈根用手轻触这朵小白花的厚花瓣，用手指牵住了她。

萨曼莎躺在丹房间的地板上，随着音乐摇晃脑袋。丹坐在狭窄的床上，他旁边是腿上放着根卷烟的乔希。艾芙瑞尔怀里抱着杯酒，蹲在丹堆在地板上的唱片旁。虽然只有他们四人，但房间却满满的，他们的身体散发出来的温暖，驱除了从窗户溢进来的寒意。

萨曼莎觉得她又回到了大学宿舍里。杂草散发出好似臭鼬的味道，她头下枕着粗糙的地毯，还能看到丹的床底下有只被遗忘的旧袜子。他们在小型聚居地的房间，也跟单身宿舍差不多，有些床很高，这样那些便宜的梳妆台就能放在下面了。集体浴室都是白色的瓷砖铺砌的，浴室地漏上，不知道谁的头发在上面打着卷。仿佛时光倒流。

"比较旧的那些是我祖母的，"丹说，"她把它们保存得很好。"

"你能带多少？"乔希问，他的嗓音穿过烟雾，听起来很粗粝。他将卷烟递给丹，换回了一盒苏打饼干，将它塞到嘴里。

"我真不敢相信你竟然还带了唱机。"艾芙瑞尔心不在焉地说。她从唱片堆里抽出一张"电台司令"的专辑，翻到背面查看曲目列表。

"我们携带的东西占地面积都差不多，"丹说，"你们其他人拿了相册、小饰品还有明星小册子……"

"为什么——"乔希吃了块饼干，然后将盒子递给了萨曼莎，"你说这话的时候有在看我吗？"

"我说这话的时候，你怎么一副害羞的样子？"

丹将烟递给她，她接了过去，只有两周就要离开地球了。

她试着吸了一口，尝起来一股泥土味。她咳了一声，将烟递给艾芙瑞尔后，把手放在了饼干盒子上。

"无论如何，由于我既没有相册，也没有小饰品，"丹说，"我带了唱片过来。我已经挑走了最想要的那些，但我希望你们大家也能选出自己最喜欢的，如果我们要一直在一起听……噢，听到我们余生结束的话。所以每人选一张吧。"

这很慷慨，萨曼莎心想。实际上是难以言喻的慷慨——将他们最珍贵的东西——空间——送给他刚交往几个月的朋友。她将注意力转向铺在地板上的唱片，忽略掉双眼后面的刺痛感。

"问题是，"艾芙瑞尔说，"你会挑选有你最喜欢歌曲的专辑，还是某支乐队风格更加一致的全集来代表自己？"

"呃——"丹说，"别在我房间里说全集这个词。"

苏打饼干没什么味道，只是咸，让萨曼莎觉得口干。杂草重新整理过了，现在她的头就像是被捏在两个巨大的手掌之间。

"别当那种人，"萨曼莎说，她闭上双眼，"你懂的，就是那种说自己要带着《尤利西斯》①当作荒岛阅读收藏之一的人。"

---

①《尤利西斯》：意识流小说，以艰涩难懂闻名。

"我喜欢《尤利西斯》。"乔希说。

"没人喜欢《尤利西斯》。"丹皱着鼻子说。"她说得对，就选你自己喜欢的那张专辑就行。就算按照某种客观标准来说，它算不上最好的。"

他们都安静了几秒钟。角落的灯具周围，烟雾缭绕。艾芙瑞尔盘腿坐着，被一堆四角磨损的老唱片围在中间；萨曼莎伸长脖子，去看她旁边散落的唱片。

"很好。"乔希说。他在床上打了个滚，翻身落在艾芙瑞尔旁边。他在那堆唱片里搜索着，找到了自己想要的东西，那是一张封面印有微笑的红唇女郎的唱片，他抬起一只手放在前额上做出远眺的样子："《旅馆》。我和妻子——"

"愿她安息。"艾芙瑞尔举起酒杯示意。乔希的妻子在五年前死于一场车祸。

"愿她安息。"乔希庄重道。"我和妻子是在大学舞会上碰面的，《进入哈德森》是我们第一支舞的伴奏。"

丹用惊人的高音域假声唱了前几个小节，所有人都笑了。萨曼莎闭上眼睛，觉得房间在旋转，一圈又一圈。

"按照这个逻辑，我选论辩乐队的《你入了邪教》。"艾芙瑞尔取了张专辑，封面上的白色山峰，在床脚的位置时，看起来与斯瓦尔巴群岛的地平线惊人的相似。"我哥哥奥利弗在送我上学的时候会让我听，我讨厌它，但他死后，我就只能听这个了。"

萨曼莎挑着她身边的唱片。大多数都比较老，是乔希祖母留下的唱片：成堆的鲍勃·迪伦、披头士乐队、海滩男孩、滚石乐队。艾芙瑞尔已经开始用乐队对这些唱片进行归类了，她翻到了平克·弗洛伊德乐队的唱片，熟悉的标志——白墙上的红字，用棱镜反射光线，再散射成彩虹。她发现上面的男子正与孪生的自我握手，后者身上正燃烧着火。她选中了这张，拿在手里。

"《希望你在这里》，"她说，"平克·弗洛伊德乐队。这是我爸爸的最爱，因为这也是他妈妈的最爱。他总是把那张专辑里的主打歌一遍又一遍地重放。"她伸出一根手指，在空中打着旋儿，"有时候，会让他落泪。"

泪水刺痛她的眼角，但她露出微笑。

"你爸到底怎么死的？"艾芙瑞尔问。

"自杀，"萨曼莎说，"我妈去世没几年。我觉得他只是……了结了。"

她想起早先她跟哈根说的话，关于他在他妻子去世后，就已经渐渐死去，只是身体尚在人世这一点。她还小的时候，很生爸爸的气，觉得自己留不住他。但现在，她感觉，似乎他过于心知肚明，知道自己处于正在解体的世界中，他只是不想见证这个过程。

我不一样，她想。我想见到所有一切都分崩离析。

艾芙瑞尔停了正在播放的唱片——一首 NICU 乐队的新民谣。她将唱针移出凹槽，将唱片放回封套里，换上"金属乐队"的唱片。

萨曼莎猜测，在方舟起航后，他们会否用尽一生回顾地球，回顾这里他们度过的生活。如果方舟本身就是他们需要的时间胶囊，上面的居民都活在曾在遥远行星上的回忆里，然后带着回忆一同死去。

还剩两天

"这么多样本，"丹呻吟着，"没人有机会再见到它们了。"

他们坐在实验室的凳子上。他们在方舟上所需的设备已经打包好、搬到船上了。海湾口停泊着一艘硕大的航母——曾经的军用航母，天知道是哪个国家的，这也不重要了。而飞船就停在这艘航母上。萨曼莎已经收拾好了行装，就放在她的床头。丹把唱机带进了实验室，他现在一刻不停地在播放音乐，就好像他不想听到自己的悲伤一样。

萨曼莎心想，现实正在到来。她那天早上听到艾芙瑞尔在浴室里哭。乔希总是会突然停住，无论在说话时，在走路时，还是在思考时。现在萨曼莎没什么紧要的工作了，她每天都去看望哈根，而哈根一如既往地照料着自己的植物。

在她帮忙时，他会给她讲些故事：在西澳洲地下生长的地下兰；看起来好像正在飞翔的白色小鸟的飞鸭兰——它的花瓣边缘处有些茸毛，就好像羽毛似的；围绕着中央柱有一圈卷曲，就好像杯子状的手笼住中间的火柴不让它熄灭似的安顾兰。花的品种无穷无尽，他每天都列举得越来越多，在手边没有活生生的例子能展示时，就会展示图片。她也不知道原因，为什么他会选择在生命中的最后时光，将这些当作遗言，将她当作倾诉对象。但她倾听着。

"我们每人再来一次吧。"萨曼莎说。

"什么？"艾芙瑞尔说，"为什么？没办法再存储更多样本了。"

"所以呢？"萨曼莎耸肩。

"好吧。"乔希说，"我是说，电脑还连着。"

他们每人都要了一手推车的活样本，存储在小玻璃容器中。它们漂浮在生命维持液里。萨曼莎凝视着每一个，寻找着花朵。现在假装自己对待它们不偏不倚已经没有意义了。

她看到一抹蓝色，于是手指滑过容器，取出正确的那只。看到小小的花朵时，她笑了——花很小，真的，还不如她的指甲盖大，呈天蓝色。或者，她心想，考虑到哈根说过的话，这也许更可能是一种非常特殊的紫色。

她将这个容器拿到了实验室，打开工作灯，轻晃鼠标唤醒电脑屏幕。这棵植物很简单：底部有着厚实的蜡质叶片，中央柱看起来有些脆弱，就像藤蔓一样。花朵在顶部分簇，呈现蓝色和白色的花簇。每朵花都有三个花瓣，呈泪珠形状；三片花萼，有蓝色和白色的斑点。下面是有着毛茸茸边缘的小唇瓣，也是蓝色的，不过比同一朵花的花瓣和花萼颜色更深些。在每朵花的中间，是一团黄色的花粉。

它看起来很像兰花，但她必须用显微镜来验证。她打开容器，用一把长剪刀从花茎上剪了一朵下来。这可是细活儿——兰花种子已经很小了，而这些兰花（如果它真是兰花的话）又是她见过的最小的。她拿起工作台上一个精致的金属工具，根据提示，这本来是牙医的工具，就是那种专门用于刮擦牙齿的工具。

其他人已经在谈论自己的发现了。艾芙瑞尔弯腰察看类似樱花的东西，丹眯着眼盯着一棵叶子有纹理的藤蔓，乔希戳着某种尚未被记录过的帝王花变种。萨曼莎动手准备载玻片，然后将沉重的显微镜拖了过来，插上电源。

她在哈根的温室里看过足够数量的种子，能够确认兰花的种子有胚乳缺失的迹象，而大部分种子都存在这种淀粉组织，为授精后的种子提供营养。兰花大多不具有胚乳，也就是说它们的种子如果无法找到合适的真菌帮助自己成长的话，将会无法长大。

萨曼莎发出轻轻一声尖叫。

"怎么了？"丹从房间那头发问。

"这是兰花。"她说。

"太酷了,"乔希说,"哪种?"

"不知道。"她说。她滑到电脑面前,记录下这棵植物的所有细节:高度、花瓣数量、萼片数量、叶片和中央柱的外观、颜色。屏幕展示出了一排排的照片,都是花朵特写,下方备注了相应的尺寸。

"嗯……"她说。

"怎么了?"坐在旁边工作台上的艾芙瑞尔对着她皱眉。

"我不确定,但是……我觉得没有匹配项。"她说,"你们觉得呢?"

艾芙瑞尔离开了自己的工作台,执行了萨曼莎刚执行过的步骤:在显微镜下查看组织样本,用尺子测量植物,数花瓣和萼片时用铅笔尖轻点容器,记录下对称性、唇瓣、花粉、圆柱和原产地(巴西)。

最后,她从电脑屏幕前起身,皱着眉坐了回去。这时,丹和乔希都没再看自己的样本,一人一边盯着这个容器,工作灯在他们每个人脸上投射出奇特的影子。

"这是新物种。"艾芙瑞尔最后开口,她大声说出了萨曼莎刚才在想,却没敢说出口的话。

"不可能是新物种。"她说。

"想想吧。从这个项目开始到现在,我们也只是发现了所有植物物种的大概 10% 吧。兰花是变种最多的族群之一，所以……"艾芙瑞尔指着容器，"它是新的。"

萨曼莎坐了下来。

"是新的。"她说。

不知为何，她现在感觉更沉重了。

那天傍晚，其他人吃晚饭的时候，萨曼莎从实验室里取出那个容器，放在他们用来送餐时保温的那种隔热袋里。她穿上靴子和外套，戴上手套和围巾，套上帽子和护目镜。她拉上拉链，系好所有带子和纽扣，然后走到了雪地里。

天色很暗，探照灯在积雪上投射出硕大的昏黄光圈，照亮了她的道路。由于她的频繁探望，去哈根温室的路现在已经很好走了，但她还是穿上了雪地靴，以防需要涉水回来。风在她身边呼啸着，但是除了风声，她只能听到自己双脚在冰雪上打滑的声音。

她将容器紧紧揽在胸口，边走边喘着粗气，尽管走起来并不费力。不知道为什么，她觉得嗓子哽住了。她推开温室的外门，小心翼翼将容器放在地上，然后将外套脱下来，丢在角落。

很显然，哈根听到她进来的声音了，她将容器拿进去的时候，哈根正站在温室里。他穿着一件蓬松的灰色毛衣，那头椒盐色的头发比平时更蓬乱，后面的头发都翘了起来。

"你好，"她说，"我需要你帮我确认一件事。"

"好的。"他看起来很困惑。

她打开保温袋，将容器拿了出来。

"我以为鉴定已经停止了，我们不会再将任何东西运到方舟上了。"他说。

"确实如此。"她说，"但你知道我们园艺家——我们热爱最后的狂欢。"

"在我看来，"他说，"你需要些不那么无聊的爱好。"

"真风趣，"她说，"看一下，好吗？"

哈根将容器拿过去，送到了他散落着植物剪枝的工作台上。他之前做了些小花束，用来布置自己的小屋。前一天她在用洗手间的时候就看到了。他们还在客厅里喝了一小杯威士忌，顺便听他讲关于植物的一切。他们从不提及那些失去的人或物，也不提即将失去的那些。

他用工作灯查看植物时，她强迫自己坐在他的办公桌前。在评估这株植物时，他一言不发，之后消失在他的小屋里，过了几分钟带了本书出来。他在书里查找了半晌，然后又不见了。这次，他去的时间太久了，她失去了耐心，也走向他用一扇沉重的大门将温室与之隔开的小屋，向里面窥探。他正坐在办公室的电脑面前，搜索着。

她的喉咙哽得更厉害了，就好像吞了一个膨胀的种子荚一样。他离开的时间越久，关于她发现的是新物种的可能性就越大，也更让她觉得别扭和怪异。她想起了"娜奥米"号，那艘她为旅程囤满了罐头和瓶装水，还有备用燃料的小船。小船的舵轮旁放着一张地图，一片空白中标记了一个地点，那个她选好要落锚观看世界末日的地点。

哈根终于回来了，他把眼镜捏在手指间晃来晃去。他在微笑，他总是维持着一丝笑意，脸颊和眼睛都会因为笑容而略微弯起。她已经习惯了这个微笑。

"我们怎么称呼它？"他说，"萨曼莎兰花？"

她拧眉看着他。

"所以说，确实如此，"她说，"它是新物种。"

"看起来是这样的。"他说。

"你确定吗？"

"好吧，事实上，我永远无法在科学方面对任何事物持绝对确认的态度，不过——"他也对她皱起了眉头，"你为什么看起来气冲冲的？你已经发现了新物种，就在人类占据地球的最后48小时内。那是——"

"惊人的，我知道。"她用双手向后拢了拢头发。她喉咙里的种子荚又开始膨胀，她成了一朵盛放的花——

她突然泪流满面。

"哦，天呐。"哈根蓬松的毛衣紧贴着她的脸，她的头依偎在他的下颌处，他紧紧抱住了她。

"还有很多东西等着你去看，"他用手轻轻抚摸着她的后背，"你不知道吗？"

他们站得很近，呼吸交融，彼此用双手环抱着对方。她脸上的泪水干了，让皮肤发紧。

越过他的肩膀往外看，兰花正向着窗户倾身，追寻着阳光。

萨曼莎睡着了。不过很快她就醒来，穿上厚外套，涉雪返回了聚居地。她在哈根的沙发上睡着了，那个位置看他的卧室，一览无余。

她梦里的景象很是琐碎，没有连贯的剧情。但她脑海里还残留着其中一幕，她跪在父亲的车库地板上时，膝下传来混凝土颗粒的触感，面前摆放着一个旧纸板箱。

那时候，父亲几周前刚去世。她才跟男友格雷格分手，在格雷格收拾自己东西的时候，她住到了父亲的空屋子里。壁橱里的麦片还没变质，杯架上还有只玻璃杯。

翻看他的东西，或者收拾什么都没意义。房子卖不出去，没人会买。寄售旧夹克，或者回收贵重物品都不再有意义，也不需要腾空地方来摆脱他的魂魄。世界即将终结，房子还有其他一切，都会在火焰里燃烧殆尽。

尽管如此，她还是去了车库，跪在标着"娜奥米"的盒子前。盒子是打开的，就好像他最近刚翻过一样。最顶上是一堆信函。母亲喜欢写信，萨曼莎小时候曾取笑过她，因为她是这颗行星上唯一这么做的人了。她本以为这些信件是父母当年恋爱的时候留下的，象征着他们浪漫的岁月——在一切变糟，他们分开之前。

但在她浏览信件内容时，她意识到这些是最近写的。

萨莫退出了乐队，我觉得这是件好事……屋子前面的蔷薇花终于开花了，还记得我们说过它不行了……妈妈整个冬天都咳嗽得很厉害，我担心会不会有些严重……

她不知道父母一直保持着联系。母亲还会跟父亲说蔷薇花丛的状况，还有她的梦想、父母和工作。所有一切都是母亲用熟悉的潦草字体写就，每隔一句话就会因思考再三而涂改。

萨曼莎胸口酸痛。

他保存着每字每句。

她拿起夹在纸堆里的一个信封打开，里面是一朵压扁的花。本是白色的花朵，已经随着岁月流逝，成了旧羊皮纸的颜色。她用手掌轻抚花朵。

她膝下的混凝土冰冷，空气中弥漫着霉味和木柴的味道。那是一朵兰花。

她睁开双眼，看着趴在床上睡着的哈根，他一只手臂伸向床另一边的空枕头。她猜测，在他妻子去世后，关于她，他又新了解了很多，几乎跟她生前他对她的了解一样多。就像父亲去世后，萨曼莎对父亲新了解的那样。他的心虽然似乎关闭了很久，但仍旧敞开着。那些信件提醒着她所有她曾不知道的事。

恐惧像毒药一样在她内心泛滥，这已经是常事了。

升空

在最靠近聚集地的海湾港口，停泊着一艘旧渔船，"娜奥米"号。船体上的白色涂层都已经剥离了，露出下面粗糙黯淡的金属，不过看起来还是那么坚固，船头细长，舱体空间很大，足以容纳一个双人尺寸的床垫、一个天然气供能的加热器、两罐饮用水，还有数日的口粮。

当直升机从聚居地后面的停机坪升空时，远远望去，娜奥米号就好像一块白色的斑点。萨曼莎倾身向前，越过丹的大腿，看到哈根的温室在太阳下闪闪发光。他的书桌上，仍悬浮在由方舟科学家们所发明的生命维持液中的，是萨曼莎兰花。在她离开前，哈根已经确认过了，实际上这棵兰花是紫色的，而不是蓝色的。

在他们最后相聚的时光里，哈根为她讲述了许多种花的故事。那些就是他要谈及的一切。大多数人都只当作是普通香草的香荚兰，只在夜间开花的夜兰，花朵只有两毫米宽的叶地钱状扁柱兰。"这是世界上最壮大的两大开花植物家族之一。"他说。仿佛在恳求她倾听似的，仿佛这会挽救她的生命似的。

25000 种兰花。还有不计其数的兰花。

全宇宙还有数之不尽的发现。

在过去的一年中，她埋头关注着地球上这些微小的东西，关注着扎根在土壤中的根系，覆盖茎秆的茸毛，贯穿花瓣中央的彩色脉络，没有显微镜就看不到的植物细胞。但是，随着直升机拔地而起，万物仿佛线条化了。一片片的雪花成了冻土上的大片白色，探照灯和被遗弃的建筑物点缀其上。激浪融成了一片深蓝色的平坦海面。

很快，这些就会分崩离析，脱离原本的轨道，枯萎和燃烧起来。很快，湛蓝的天空会被残骸染成灰蒙蒙一片，世界上一切令其美丽起来的东西——五彩斑斓的鱼、翅膀映出虹彩的苍蝇、跳上跳下的松鼠，还有鲸鱼的深深叹息；新生的叶片还打着卷，仍泛着苍白；还有富含黏土的红色土地——一切都将消失。

但不是现在。

萨曼莎会一直喜欢秋天。

维罗尼卡·罗斯（Veronica Roth），美国作家，以《分歧者》（Divergent）、《反叛者》（Insurgent）、《忠诚者》（Allegiant）三部曲闻名，其作品多次登上 Goodreads 所评出的读者选择奖。《分歧者》改编的电影获得了广泛好评以及优异的票房。